Thomas Dellenbusch

KOPFKINO

Herzenssachen

Band 2

I0543441

Die Deutsche Nationalbibliothek verzeichnet diese Publikation in der Deutschen Nationalbibliographie. Detaillierte bibliographische Daten sind im Internet über http://www.dnb.de abrufbar.

Bisher in dieser Reihe erschienen:

Thomas Dellenbusch "Unglaubliche Welt"
KopfKino Sammelband 1
ISBN: 978-3-00-041930-0

Thomas Dellenbusch "Herzenssachen"
KopfKino Sammelband 2
2. Auflage 2016
1. Auflage 2014
Alle Rechte vorbehalten
Lektorat & Satz: Verlag
Covergestaltung: coverandbooks / Rica Aitzetmüller
Umschlagmotiv:
ktsdesign @123rf.com sowie Solveig & yuttana jeenamol / Shutterstock

KopfKino-Verlag
Thomas Dellenbusch
Gluckstr. 10
D-40724 Hilden
ISBN: 978-3-9816987-2-5

www.MeinKopfKino.de

THOMAS DELLENBUSCH

KOPFKINO
Herzenssachen

2 Erzählungen über die Liebe

Über KopfKino:

KopfKino, das sind berührende, nachdenkliche oder auch spannende Geschichten in **Spielfilmlänge**. Ihre ungefähre Lesezeit liegt zwischen 60 und 180 Minuten.

Sie eignen sich daher wunderbar für all die vielen kleinen zeitlichen Zwischenräume, die das Leben hat: für die Reisezeit in Bahn, Bus, Auto oder Flugzeug, für die Stunden im Wartezimmer, beim Friseur, im Café, für den Nachmittag im Freibad oder am Strand, vor dem Schlafengehen oder einfach so für zwischendurch, um circa zwei Stunden unterhaltsam zu füllen.

Da ihre Lesezeit ungefähr der Länge eines Spielfilms entspricht, eignen sie sich auch hervorragend, um sie sich gegenseitig vorzulesen und den Fernseher einmal ausgeschaltet zu lassen. Lassen Sie sich von Fernseher und Leinwand nicht das ganze Vergnügen abnehmen.

Genießen Sie Ihren eigenen Film auf der größten Kinoleinwand der Welt: Ihrer Fantasie!

Jede Erzählung ist als eBook und als Hörbuch erhältlich, viele auch als Taschenbuch.

Informieren Sie sich regelmäßig auf
MeinKopfKino.de
über Neuerscheinungen, die Autoren, Termine für Lesungen, Hintergründe, oder laden Sie sich einzelne Geschichten als eBook oder Hörbuch herunter.

Inhalt

Vorwort

von Petra Röder
Bestseller-Autorin

»Die größte Kinoleinwand der Welt ist im Kopf!«

Die Idee, mittellange Erzählungen für einen gemeinsamen Vorleseabend anzubieten, finde ich großartig. Mit Spannung habe ich diesen zweiten Band der »KopfKino« Reihe erwartet.

Literatur zum miteinander Teilen!

Während mich in Band 1 »Unglaubliche Welt« vier spannende Mystery-Geschichten mit geheimnisvollen und zum Teil übersinnlichen Hintergründen gefesselt haben, enthält dieser neue Sammelband »Herzenssachen« zwei längere Abenteuer rund um die Liebe. Sie sind romantisch, teilweise auch dramatisch, auf jeden Fall jedoch sehr emotional. Darüber hinaus beschert uns »Liebe ist kein Gefühl« eine interessante und unerwartete Sicht auf die berühmte und uralte Frage, was die Liebe eigentlich ist. Die in dieser Geschichte enthaltenen Theorien haben mich sehr beschäftigt.

Überhaupt faszinieren mich als Autorin die Sprache und der Stil von Thomas Dellenbusch. Er schreibt ebenso lebendig wie tiefsinnig, so dass man in seine Geschichten richtig tief abtauchen kann.

Sie gehören nicht zu den einfachen Werken moderner Literatur, sondern folgen immer einem besonderen Konzept oder einer besonderen Idee. Die Enden (nicht immer ein »Happy End«) sind regelmäßig gut vorbereitet und halten nicht selten eine überraschende Wendung bereit. Auf jeden Fall sind sie mit Liebe und Können geschrieben.

Nun wünsche ich Ihnen viel Vergnügen, wenn Thomas Dellenbusch Sie in sein Kopfkino entführt.

Petra Röder
Nürnberg, im November 2014

Petra Röder lebt mit ihrem Mann und sechs Katzen im wunderschönen Nürnberg. Die achtmalige Dart-Weltmeisterin gehört seit Jahren zu den meistgelesenen deutschsprachigen Autorinnen.

www.Petra-Roeder.com

Verstecktes Herz

Eine junge, hübsche und alleinerziehende Mutter zieht im
Sommer 1963 in ein kleines niederbayerisches Dorf.
Sie sucht weder eine Anstellung, noch sucht sie Kontakt. Als
die Dorfbewohner verschiedene Herrenbesuche feststellen,
sind sie entsetzt. Sie halten die Fremde für eine Prostituierte
und suchen nach Möglichkeiten, sie zu verjagen. Nur ein
junger, im Dorf lebender Journalist ergreift ihre Partei und
hält zu ihr. Er vermutet, dass sie sich hier versteckt. Aber vor
wem oder was ..? Und ist seine Solidarität echt, oder wurde
er auf sie angesetzt, um hinter ihr Geheimnis zu kommen ..?

1

In Seilersfeld gab es keinen Friseursalon. Das kleine Nest mit seinen gerade einmal achthundert Einwohnern in Niederbayern, zwischen Landshut und Passau gelegen, verfügte lediglich über einen Bäcker, einen Gasthof mit Gästezimmern und ein kleines Lebensmittelgeschäft, das auch ein überschaubares Sortiment an Drogerie- und Haushaltsartikeln sowie Schreibwaren anbot. Die öffentlichen Einrichtungen erschöpften sich, von der Pfarrkirche abgesehen, in einem Gemeindesaal, einer Grundschule mit angeschlossenem Kindergarten und einem kleinen Rathaus. In dessen Parterre befand sich außerdem das Büro von Hubert Förster, dem für Seilersfeld zuständigen Bezirksbeamten der Polizei.

Für alles andere, wie beispielsweise einen Friseursalon, war Seilersfeld zu klein. Die Damen des Dorfes mussten in die Kreisstadt fahren, wenn es darum ging, sich eine aufwendige Haartracht herrichten zu lassen, die sie für besondere Anlässe wie Hochzeiten, Taufen oder Beerdigungen für notwendig erachteten. Für die meisten, die alltäglichen Anwendungen jedoch besuchten sie Birgit Förster, die Frau des Dorfsheriffs, wie ihr Mann von den Dorfbewohnern liebevoll genannt wurde.

Birgit Förster hatte das Friseurhandwerk gelernt. Ihre Anstellung in einem Salon der Kreisstadt hatte sie aufgegeben, als sie das erste Mal schwanger wurde und ihr Mann den Posten des Bezirksbeamten im Seilersfelder Rathaus erhielt. Jetzt bot sie den Damen des Ortes ihre Leistungen in der heimischen Küche an und besserte so das Einkommen des Haushaltes auf.

Es gab noch einen weiteren, ganz praktischen Grund,

warum Friseurtermine in der Stadt möglichst selten wahrgenommen wurden. Anfang der Sechziger verfügten nur sehr wenige Frauen in Deutschland über einen Führerschein. In Seilersfeld war es keine einzige. Auch gab es nicht viele Kraftfahrzeuge im Eigentum der Dorfbewohner. Die Bäckerei Berggruber verfügte über einen kleinen Lieferwagen, schon beruflich bedingt. Auch die Familie Kranz, die den Lebensmittelladen hatte, und die Heuslingers, die den Gasthof betrieben, besaßen einen, aber die Zahl privater PKW in Seilersfeld war zu jener Zeit doch sehr übersichtlich.

An diesem Nachmittag also saßen Hilde Kranz, ihr Sohn Bernd sowie die Bäckerin Ruth Berggruber in der kleinen Küche der Polizistengattin und gelernten Friseurin. Für den sechzehnjährigen Realschüler waren diese Termine bei Frau Förster nicht nur stinklangweilig, sondern auch höchst ärgerlich, wünschte er sich doch schon seit Monaten so eine Pilzkopffrisur, wie die berühmten Beatles aus England sie trugen. Und obwohl er seinem Vater einmal ein halbherziges »Meinetwegen« abgetrotzt hatte, legte seine Mutter weiterhin ein striktes Veto gegen diese im wahrsten Sinne des Wortes haarsträubende Idee ein.

Daher kämpfte der Junge an solchen Tagen gegen den eigenen Frust, wenn Frau Förster ihm jene Haarlängen abschnitt, die über die kurzen Zähne ihres Kammes hinausragten. Denn das führte nach einer erfreulichen Phase des Wachstums erneut zu säuberlich freiliegenden Ohren und zu einem akkurat gezogenen Seitenscheitel. Somit sollte also der Holzgärtner Michl weiterhin der einzige Junge im Dorf bleiben, der eine Beatlesfrisur tragen durfte. Der allerdings war Bauer oder besser gesagt, er war der ebenfalls sechzehnjährige Sprössling des Bauern Gustl Holzgärtner. Und einem Bauersburschen ließ man ein äußeres Erscheinungsbild durchgehen, das keine gutbürgerlichen Maßstäbe zu erfüllen brauchte. Außerdem sah sein Pilzkopf wegen der nicht regelmäßig geschnittenen Haarspitzen weniger wie ein solcher, sondern vielmehr wie ein Wischmop aus. Daher wurde er von den Eltern seiner Altersgenossen auch nicht als Vorreiter einer neuen und allein schon deswegen abzuwehrenden Haarmode gesehen, sondern einfach als das, was er war. Ein Bauer.

An diesem Nachmittag kämpfte Bernd »Berni« Kranz ausnahmsweise einmal nicht gegen Langeweile und Frust. Im Gegenteil. Er fürchtete, dass sein gesteigertes Interesse am Gespräch der drei Frauen ungewollt durch die plötzlich intensivere Durchblutung seiner Ohrläppchen verraten werden könnte. Er bemühte sich daher, denselben gelangweilten Gesichtsausdruck hinzubekommen, der seine Anwesenheit in Frau Försters Küche üblicherweise auszeichnete.

Sie sprachen über die Neue im Dorf.

Vor gut drei Wochen war diese in den Anbau gezogen, den der Holzgärtner Gustl vor vielen Jahren für seine damals noch lebenden Eltern an das Wohngebäude seines Hofes gebaut hatte. Nachdem auch seine Mutter verstorben war, war diese Einliegerwohnung mit separatem Eingang unbewohnt geblieben. Nun also wohnte wieder jemand darin.

Seit Ende Mai.

Die Neue im Dorf.

Yvonne Schmidt.

Und diese Yvonne Schmidt avancierte vom ersten Tage an zum heftigen Dorfgespräch unter den Erwachsenen und zeitgleich zur spätabendlichen Fantasie der pubertierenden Jungen wie Berni Kranz.

An ihrem ersten Tag in Seilersfeld stöckelte sie auf hohen Absätzen durch die Ortschaft, die ihre langen, schlanken Beine noch langgestreckter erscheinen ließen. Bedeckt wurden diese nur notdürftig von einem blau-weiß melierten Kleidchen, dessen Saum gerade einmal ihre Knie erreichte und das unverschämt eng ihre schwungvollen Hüften und die runde Apfelform ihres Hinterns betonte. Das Schlimmste (oder Aufregendste, je nach Gusto des Betrachters) war jedoch das, was sich eben jenem Betrachter oberhalb der Gürtellinie darbot.

Eine gertenschlanke Taille erweiterte sich zu einer beträchtlichen und ebenso festen wie ausladenden Oberweite, deren Fähigkeit, die Blicke auf sich zu ziehen, nur noch von der jugendlichen Schönheit eines Gesichtes übertroffen wurde, wie es die Jungen in Seilersfeld noch nie und die Alten nur im Kino jemals gesehen hatten.

Tief dunkelbraune und große Augen bildeten zusammen mit einer zarten Nase, einer reinen und leicht gebräunten Haut, erhabenen Wangenknochen und vollen roten Lippen ein engelsgleiches Antlitz, das umspült wurde von einer offen getragenen Mähne vollen schwarzen Haares, welches sich in natürlichen Wellen über Schultern und Rücken ergoss.

Zunächst hätte an diesem ersten Tag bei den Dorfbewohnern in Seilersfeld der Eindruck entstehen können, eine berühmte Diva des internationalen Films habe sich hierher verlaufen, wäre da nicht der siebenjährige Paul an ihrer Hand gewesen, den diese Fremde an eben diesem Tage an der Grundschule von Seilersfeld anzumelden gedachte. Und obwohl ihr die Tatsache, eine Mutter zu sein, zu einer allseits die Gemüter beruhigenden mehr oder weniger stillschweigenden Duldung hätte verhelfen können, war es ausgerechnet dieser Umstand, Mutter zu sein, der ihr die von Tag zu Tag spürbar werdende Missbilligung der Dorfgemeinschaft eintrug.

Denn sie war ohne Mann.

Und so stöckelte sich Yvonne Schmidt an ihrem allerersten Tag in Seilersfeld direkt und ohne Umwege in die Kopfkinos der Jungen, in die Blutbahnen der Männer und in die Gallen der Frauen. Hätten letztere sich zu jener Zeit nicht nur über Rezepte, Königshäuser oder das unmögliche Kostüm von Frau Soundso beim letzten Gottesdienst ausgetauscht, sondern auch über ihr eigenes Intimleben (was natürlich völlig undenkbar war), so wäre es ihnen untereinander aufgefallen, dass ihre Männer in den ersten Tagen nach Yvonne Schmidts Ankunft häufiger mit ihnen geschlafen hatten als sonst.

Aber darüber redete man nicht.

Für Berni Kranz war diese fremde Frau ein Zauberwesen, eine Göttin. Sie hatte etwas so Unwirkliches, etwas so über allen Dingen der Welt Schwebendes, dass er einmal stocksteif an der Haltestelle stehen blieb, als er mittags dem Bus entstiegen und sie auf dem gleichen Gehweg auf ihn hatte zukommen sehen. Mit jedem ihrer sanften, fast tänzelnden Schritte warfen ihre hin und her schwingenden Hüften kleine Wellen in die flirrenden Lichtpartikel der schwülen Juniluft, die sich ausbreiteten und um ihren Körper herum eine Aura schufen, in der sich die Zeit abzubremsen schien.

Selbst die Spatzen, die von Baumkrone zu Baumkrone flogen, schienen in ihrer Nähe wie Bussarde in der Luft verharren zu können, als bemühten auch sie sich, einen ungestörten Blick zu tanken von einem Zauber, wie ihn die Natur nur in ganz besonderen Momenten hervorzubringen vermochte. Als sie näher kam, konnte Berni in ihrem Ausschnitt den Ansatz ihres Busens sehen, in dem ebenfalls bei jedem ihrer Schritte kleine Wellen waberten. So wie bei Götterspeise, wenn man an den Tisch stieß. Und als sie ihn und die Haltestelle erreichte, fiel aus ihren großen warmen Augen ein wohlwollender Blick und von ihren verheißungsvollen Lippen ein sanftes Lächeln auf ihn herab. Dann war sie auch schon an ihm vorbei und ließ, während sie sich entfernte, einen Hauch von Lavendel zurück.

An diesem Abend konnte er erst spät einschlafen.

Am darauf folgenden Sonntag hatte der Pfarrer von seiner Kanzel herab von der Schönheit gepredigt. Nicht von Yvonnes Schönheit im Speziellen. Um Himmels willen, nein! Einfach so ganz allgemein von der Schönheit. Dass sie nämlich selbstverständlich, wie alles andere auf Gottes Erdenrund auch, vom liebenden Schöpfer erschaffen und daher grundsätzlich gut und göttlich sei. Aber dann fand er einen schönen Bogen zu seinem eigentlichen Anliegen. Denn wie andere verführerische Dinge, zum Beispiel Macht oder Besitz, sei auch die Schönheit anfällig, vom Teufel zweckentfremdet, ja missbraucht zu werden, um die Gottesfürchtigen in Versuchung zu führen. Er ging auf die Frage ein, woran der Gläubige erkennen könne, ob sich ihm eine Schönheit in göttlicher Gestalt darbot, oder ob sich hinter ihr die teuflische Fratze des Satans verbarg. Zu diesem Zweck las er aus Matthäus, Kapitel 7: An ihren Früchten sollt ihr sie erkennen.

Gute Bäume trügen keine schlechten Früchte und schlechte Bäume keine guten. Prüft, wenn ihr der Schönheit Antlitz schaut, welche Art Früchte sie hervorgebracht, erschaffen oder geboren hat. Er sagte tatsächlich »geboren«. Sind es gottgefällige Früchte oder solche, die aus Sünde entstanden sind. An ihren Früchten sollt ihr sie erkennen, und dann urteilt die Schönheit, in deren Antlitz ihr schaut.

Diese Predigt, fand Berni, präsentierte sich selbst in einer gewissen Schönheit.

Amen.

Jetzt, während Frau Förster ihm den Pony schnitt, hielt er seine Augen geschlossen, um keine fallenden Haarspitzen hinein zu bekommen. So lauschte er, innerlich ganz angespannt, wie sich seine Mutter, Frau Förster und Frau Berggruber über die neue Frau im Dorf unterhielten. Obwohl, das war ihm klar, man das nur schwer als eine Unterhaltung hätte durchgehen lassen können. Es war vielmehr ein gegenseitiges Ereifern.

»Hure!«, hörte er plötzlich seine Mutter sagen.

»Hilde! Der Junge!«, schallte es empört von Frau Berggruber zurück.

»Ach was, der Bengel kann ruhig hören, was seine Mutter darüber denkt«, erwiderte diese und strubbelte mit der flachen Hand über den Kopf ihres Bengels, so dass Frau Förster den soeben fertig gestellten Seitenscheitel erneut nachziehen musste.

Hilde Kranz war beileibe keine ansehnliche Frau, und sie stritt stets in dem unerschütterlichen Bewusstsein, sowieso Recht zu haben. Die Frisur ihrer graublonden, mit rötlichen Schlieren durchsetzten Haare war eigentlich so etwas, was man als Pilzkopf hätte bezeichnen können, nur dass man das bei Frauen nicht so nannte, sondern Pottschnitt. Auch die bleiche, stets etwas kränklich wirkende Haut ihres runden und feisten Gesichtes wies diese rötlichen Schlieren auf. Diese versuchte sie, meist vergeblich, mit zu viel Puder abzudecken, während sie sich jene in den Haaren absichtlich von Frau Förster hinein machen ließ.

Diskussionen mit ihr fühlten sich für das jeweilige Gegenüber immer unangenehm an, denn ihre Unterlippe war von Natur aus deutlich dicker als die schmale Oberlippe, was ihrem Mund immer etwas Schnippisches gab. Wer mit ihr diskutierte (ihr Mann tat das schon seit Jahren nicht mehr), hatte permanent das Gefühl, mit seinen eigenen Wortbeiträgen vorsichtig sein zu müssen, weil dieser Mund durch sein angeborenes Aussehen schon so eine große Skepsis ausstrahlte, dass man seine Worte intuitiv mit Bedacht zu wählen bemüht war.

Verstärkt wurde diese Wirkung durch zwei kleine giftige Augen, die tief eingebettet waren zwischen fleischigen Wangen und einer dicken Augenbrauenwulst, auf denen die Brauen wie struppiges Gras auf Sanddünen sprossen. So eingebettet sahen ihre Augen immer wie zugekniffen aus, so als sei der dahinter verborgene Geist in jedem Augenblick bereit, den Diskussionsgegner anzuspringen, wenn dieser etwas Falsches sagte.

Nichtsdestotrotz war diese energische Frau im Dorf anerkannt und wurde durchaus auch gemocht, war sie doch immer an vorderster Front zu finden, wenn es um die Organisation von Schul-, Kindergarten- oder Kirchenfesten ging, zu denen sie aus ihrem Laden meistens auch maßgebliche Mengen an Leckereien beisteuerte. Darüber hinaus konnte man gelegentlich auch bei ihr anschreiben lassen, wenn es gegen das Ende des Monats ging.

Normale Unterhaltungen mit ihr, in denen es lediglich um den Austausch der üblichen, die Frauenzimmer des Dorfes interessierenden Banalitäten ging, waren durchaus angenehm und humorig. Oft war Hilde Kranz diejenige, die Neuigkeiten wie beispielsweise eine Schwangerschaft im Ort, eine anstehende Verlobung oder etwas Ähnliches als Erste wusste, was auch ein Grund dafür war, dass die meisten Frauen sich gerne und bereitwillig auf einen kurzen oder auch längeren Plausch mit ihr einließen.

Während also banale Unterhaltungen mit ihr in Ordnung waren und auch interessiert gesucht wurden, waren Diskussionen mit ihr etwas, was man gerne vermied. Und eine solche stand hier nun im Raume.

Denn obwohl an diesem Tage Worte wie *Flittchen*, *Obszön* oder *Halbnackt* in der Küche von Frau Förster gefallen waren, stellte das Wort *Hure* eine andere Qualität dar, welche die bisherige, ereifernde Unterhaltung in eine Diskussion zu verwandeln drohte. Denn die Kauffrau ließ in ihrem Tonfall keinen Zweifel daran aufkommen, dass sie dieses Wort nicht einfach nur in einem die Würde herabsetzenden und beleidigenden Sinne gebraucht hatte, sondern als inhaltlich ernst gemeinte Berufsbezeichnung.

Und das ging den anderen beiden nun doch zu weit, zumal es zunächst einmal keine stichhaltigen Gründe gab, die eine solche Behauptung untermauert hätten. Außerdem machte ihnen diese Vorstellung Angst. Da war einerseits die Sorge um den immer noch anwesenden Berni, der hier vermutlich zum ersten Mal in seinem noch jungen Leben mit den sündigen Abgründen einer unvorstellbar aus der gottgegebenen Natürlichkeit verschwundenen Moral konfrontiert zu werden drohte, aber da war noch eine andere Angst. Eine, die tiefer saß.

Eine Angst, die sie und ihre Welt auf eine ganz fundamentale Weise bedrohte. Und selbst wenn diese Bedrohung von ihnen im ersten Moment noch recht diffus empfunden wurde und die sie spontan nicht hätten konkret begründen können, so würden ihnen die Folgen einer echten und leibhaftig im Dorf lebenden Prostituierten doch bald klar werden. Auch gemeinsam würden sie es nicht verhindern können, dass die eigenen Kinder mit der Kenntnis über käufliche Sexualität aufwachsen würden, mit all den Folgen, die das für ihre moralische Entwicklung und für ihren Blick auf Frauen hätte. Zu allem Überfluss wäre der unglückliche Sohn dieser Frau selbst erheblich in seiner psychischen Entwicklung gefährdet, da ihm Spitznamen wie *Hurensohn* oder Vergleichbares sicher wären. Daneben dürfte die Annahme begründet sein, dass ihr geliebtes Seilersfeld in den umliegenden Gemeinden offen oder hinter vorgehaltener Hand als *Hurendorf* verunglimpft werden würde. Ganz abgesehen von der Tatsache, dass ständig und zunehmend Fremde nach Seilersfeld kämen, um Yvonne Schmidt im Holzgärtneranbau aufzusuchen, darunter vielleicht auch zwielichtige oder sogar gefährliche Subjekte. Und dabei war die Vorstellung geradezu erschütternd, dass die Hure abends ihre Kunden bediente, während im Zimmer nebenan der siebenjährige Paul versuchte, in den Schlaf zu kommen.

Die größte Bedrohung jedoch betraf ihre eigenen Ehen. Yvonne Schmidt war keine abgerissene, in die Jahre gekommene und unansehnliche Altnutte, sondern stellte eine junge, äußerst attraktive Verführung dar, über die jetzt schon an den abendlichen Stammtischen geredet wurde.

Selbst wenn kein einziger Mann in Seilersfeld dieser Versuchung erliegen sollte, so bestand dennoch die Gefahr, dass sich beispielsweise die wöchentlichen Schafkopfspieler oder die Kegler im Heuslinger Gasthof anzügliche Anspielungen nicht würden verkneifen können.

Was grinst Du denn so?

Kommst Du gerade von ihr?

Die Frauen wussten aus jahrelanger Erfahrung, dass sich aus solchen Bemerkungen schnell ein Gerücht entwickeln kann, das stets das Potential hatte, wiederholt und weitergetragen zu werden.

Selbstverständlich würde der Mann mit dem Grinsen im Gesicht eine nachweisbare Erklärung für seine Glückseligkeit parat haben. Er habe heute eine Gehaltserhöhung bekommen, er würde bald Vater werden, oder er habe sich heute endlich den lang ersparten Fernsehapparat zulegen können. Aber diese Kommst-Du-von-ihr-Frotzelei würde zur Gewohnheit werden, vielleicht sogar zu einer geflügelten Begrüßungsformel unter bierseligen Männern, und nicht immer würde der derart Gefrotzelte gerade Vater werden oder eine Gehaltserhöhung verkünden können.

Bliebe diese Schmidt lange genug im Dorf, würden selbst absolut integre Männer nicht mehr beweisen können, niemals etwas mit ihr zu tun gehabt zu haben. Und diese grundsätzliche Unmöglichkeit des Gegenbeweises enthielt eine langsam aber sicher das Vertrauen zersetzende Kraft.

Gerüchte waren Behauptungen, die vermutlich falsch, grundsätzlich aber denkbar waren. Gleichzeitig zutreffend und auch wieder nicht. Diese mit der Zeit zunehmende Unsicherheit, ob und was zutreffend oder denkbar oder gar anzunehmen war, würde sich schleichend in immer mehr Ehen drängen. Der Versuch, nicht mehr davon zu reden, die Übereinkunft, den schwelenden Generalverdacht in einem gegenseitig vereinbarten Schweigen zu ersticken, ließe das Unaussprechliche zwischen ihnen erst recht am Leben. Gerade für Unaussprechliches war Schweigen die kalorienreichste Nahrung. Und was dann letztendlich tatsächlich totgeschwiegen werden würde, wären jene Ehen, die sich vom Schweigen doch ihre Rettung versprachen. Die pure Anwesenheit einer Dorfprostituierten würde Folgen zeitigen, die zum Perfidesten gehörten, dessen sich eine harmonische und bis dahin funktionierende Gemeinschaft ausgesetzt sehen kann.

Wie gesagt, das war ihnen in dem Moment nicht in all seinen konkreten Einzelheiten bewusst, aber sie spürten instinktiv die Gefahr. Und das war sicher der Grund dafür, dass sie Hilde Kranz zunächst so heftig widersprachen, obwohl ein ihr gegenüber ausgesprochener Widerspruch normalerweise etwas war, was man tunlichst vermied, insbesondere wenn er heftig erfolgen würde.

Aber an diesem Tag widersprachen sie ihr. Es konnte einfach nicht sein, was nicht sein durfte. Ihre Erwartung, dass ihre Freundin, wie sonst üblich, auf sie einpoltern würde mit ihrer sie auszeichnenden rechthaberischen Vehemenz, erfüllte sich diesmal jedoch nicht. Stattdessen wurde Hilde Kranz ganz ruhig, verscheuchte zunächst ihren Sohn von jenem Küchenstuhl, um den herum Birgit Förster das herunter gefallene Ende einer vergeblich erträumten Beatlesfrisur zusammenfegte, und setzte sich dann selbstgefällig auf dessen Platz, weil sie die Nächste an der Reihe war. Dann breitete sie die Fakten vor ihnen aus.

Diese Schmidt hatte den Holzgärtneranbau angemietet, arbeitete aber offensichtlich nicht. Sie hatte keinerlei Stelle in Seilersfeld, und sie hatte sich bisher auch nicht ansatzweise um eine bemüht. Auch arbeitete sie offensichtlich nicht außerhalb, denn auch sie schien kein Auto zu haben, und sie hielt sich den ganzen Tag in diesem Anbau auf, von den seltenen Ausflügen zum Bäcker oder in ihren Laden einmal abgesehen. Und obwohl sie kein Einkommen zu erzielen schien, habe diese Schmidt immer eine ungewöhnlich große Zahl an Banknoten im Portemonnaie, wenn sie dieses beim Bezahlen öffnete. In der Schule habe sie *Hausfrau* angegeben auf die Frage nach ihrem Beruf. Wovon lebte sie also? Und wo war der Vater des Jungen? Für eine Witwe sei sie doch wohl noch zu jung. Sicher, man könne so etwas nie wissen. Ein Unfall, eine tödliche Erkrankung. Natürlich sei so etwas denkbar. Aber sehr wahrscheinlich sei es doch eigentlich nicht, oder? Möglicherweise kannte sie den Vater bei all ihren Kontakten noch nicht einmal.

Birgit Förster und Ruth Berggruber stöhnten hörbar auf. Berni hingegen bemühte sich, durch das Blättern in der Passauer Neuen Presse möglichst unbeteiligt zu wirken. Er fürchtete, dass seine Mutter ihn jeden Moment nach Hause schickte, aber die schien ihn völlig vergessen zu haben. Und dann präsentierte sie ihren fassungslosen Zuhörerinnen ein Wissen, das sie bis zu diesem Moment exklusiv besaß, sah man einmal von ihrem Ehemann ab, von dem sie es nämlich hatte.

Peter Kranz belieferte allabendlich mit seinem Lieferwagen die umliegenden Einöden, Höfe und kleineren Dörfer mit all jenen Dingen, die die dort lebenden Menschen aus seinem Laden benötigten. Dabei war ihm etwas aufgefallen, was seine Frau, als er ihr davon erzählte, sofort in den richtigen Zusammenhang zu bringen wusste.

Es gab Abende, wenn die Dämmerung einsetzte und er aus Seilersfeld hinaus fuhr, da parkte eine einzelne auswärtige Limousine vor dem Holzgärtneranbau. Und wenn er nach Abschluss seiner Tour nach Seilersfeld zurückkehrte, sah er einen einzelnen Herrn aus dem Anbau kommen, der in diesen dort geparkten Wagen einstieg und davonfuhr. Das eigentlich Bemerkenswerte daran war, dass es sich an den fraglichen Abenden um verschiedene Herren mit verschiedenen Autos handelte. Einmal war es ein Mercedes aus München, an einem anderen Abend war es ein dunkelblauer Opel Kapitän aus Augsburg und dann war da noch ein schwarzer Porsche aus Passau.

Birgit Förster und Ruth Berggruber gaben einen kurzen, hellen und erschreckten Ton von sich, und Hilde Kranz sonnte sich für einen Moment in diesem Klang des Rechtgehabthabens.

An diesem Nachmittag geschah etwas in Birgit Försters Küche, was noch niemals zuvor geschehen war. Die Friseurin begann ihre Arbeit an Hilde Kranz' Frisur, und alle drei Frauen hingen ihren Gedanken nach und schwiegen.

Sie würden mit ihren Männern reden müssen.

Für Berni war eine Königin vom Thron gestürzt worden. Er fühlte sich enttäuscht, aber auch eigentümlich erregt zugleich.

2

Der Hof von Gustl und Wilma Holzgärtner bildete die letzte Gebäudegruppe, wenn man Seilersfeld nach Norden hin verließ. Etwa eintausend Meter, nachdem man das letzte Wohnhaus passiert hatte, kurz bevor die Straße in einer langgezogenen Linkskurve wieder nach Westen schwenkte, lag er rechter Hand. Der Hof hatte die Form eines Hufeisens mit der offenen Seite zur Straße hin. Nach Osten und Norden erstreckten sich Weiden und Felder. Es war schon spät. Das Tageslicht wich bereits einem unscharfen Dunkelgrau, und es würde bald ganz dunkel werden.

Michl rumpelte mit dem neuen Hatz Traktor, den sein Vater voriges Jahr gekauft hatte, auf den Hof. Rechts von ihm lag das alte Wohngebäude mit dem zur Straße hin verlängerten Anbau. Die Querwand des Hufeisens wurde von dem langen Stallbau gebildet, der im rechten Winkel von der östlichen Giebelseite des Wohngebäudes abging. Zwischen dem Stall und der auf der linken Seite des Hufeisens stehenden Scheune befand sich eine Durchfahrt zu dem rückseitig gelegenen Schuppen. Michl fuhr den Traktor in den Schuppen, stieg ab, schaltete die Neonröhre an und schloss das schwere Rolltor von innen.

Der Schuppen war voll gestellt mit Mistgabeln, Harken, Schaufeln und all dem Gerät, das der Hof brauchte. In einer Ecke standen zwei Pflüge und in der anderen ein großer silberner Metallspind, dessen Tür mit einem einfachen Vorhängeschloss gesichert war.

Michl war aufgeregt.

Sein Vater hatte ihn nach dem Abendbrot noch zu einer Weide geschickt, deren Zaun an einer Stelle ausgebessert werden musste, solange es noch hell sein würde. Obwohl ihm das normalerweise lästig gewesen wäre, war er diesmal ohne weiteres Murren der Bitte nachgekommen, denn so würde er erst mit Beginn der Dunkelheit zurückkehren. Deswegen hatte er sich heimlich den Schlüssel für das Vorhängeschloss des Spinds eingesteckt. Er zog ihn aus der Hosentasche und öffnete den Spind. Die Fächer lagen voll mit Werkzeug, Kabeln, Dosen mit Nägeln, Schrauben und sonstigem Krempel. Aber sein Vater bewahrte auch den Feldstecher hier auf, den er aus dem Krieg mitgebracht und behalten hatte. Michl griff ihn sich und schloss die Tür wieder. Dann schaltete er das Licht aus und stahl sich durch die Seitentür hinaus.

Sich umsehend überbrückte er die kurze Distanz zur Scheune und verschwand dann darin. Er fand den Weg zur Stiege auch im Dunkeln. Vorsichtig kletterte er hinauf auf den Boden und krabbelte zu der dem Hof zugewandten Seite. Dort war irgendwann ein kleines Stück von einem Brett herausgebrochen, und man konnte durch diesen waagerechten Spalt, der etwa eine Handbreit hoch und eine Ellenlänge breit war, nach draußen gucken.

Er legte sich auf den Bauch und sah durch die Lücke hinaus auf die Frontseite des Wohngebäudes und des Anbaus. Erst jetzt bemerkte er, was ihm bei seiner Ankunft nicht aufgefallen war. Vor dem Anbau parkte ein silberner NSU Prinz. Von hier oben konnte er das Nummernschild nicht sehen, aber er war sich sicher, dass dieser Wagen ebenfalls von auswärts war. Wie die anderen auch, deren Fahrer Yvonne besucht hatten. Diese wohnte mit dem kleinen Paul seit mehr als drei Wochen bei ihnen. In dem Anbau, in dem Oma und Opa früher gewohnt hatten.

Am letzten Donnerstag im Mai, dem Tag nach dem schlimmen Unwetter, war ein Kastenwagen auf den Hof gefahren, und zwei Männer in grauen Overalls hatten mehrere Koffer und Taschen, eine Kommode, einen Schminktisch mit Spiegel und ein gutes Dutzend große Pappkartons in den Anbau geschleppt. Und als Michl am nächsten Mittag mit dem Schulbus aus der Schule kam, saßen diese schöne Frau und der kleine Junge bei ihnen in der Küche und aßen mit seinen Eltern zu Mittag.

Seine Mutter sagte, Yvonne sei so etwas wie eine weit entfernte Tante, aber er bräuchte nicht Tante zu ihr sagen, er könne ruhig Yvonne sagen. Er aber war, seit er sie an diesem Tag in der Küche zum ersten Mal gesehen hatte, von ihr so eingeschüchtert und fasziniert zugleich, dass er sie seitdem immer mit Frau Yvonne ansprach, obwohl sie ihm schon ein paar Mal gesagt hatte, dass er die Frau ruhig weglassen könne.

Als ihm nach ein paar Tagen aufgefallen war, dass diese fremde Tante in keiner Weise auf dem Hof mithalf, noch nicht einmal seiner Mutter ging sie zur Hand, hatte er seine Mutter darauf angesprochen. Das brauche sie nicht, hatte ihm seine Mutter erklärt. Yvonne zahle jeden Monat Geld für den Anbau und zwar viel mehr als genug, fügte sie hinzu. Dieses Geld könnten sie im Moment besser gebrauchen als die Hilfe eines ungeschickten Stadtmädels, das sich beim Melken nur die Finger brechen würde.

Von seinem Standpunkt aus, hinter dem offenen Spalt auf dem Scheunenboden, hatte er einen prächtigen Blick schräg hinunter in die Küche und die Stube des Anbaus. Das waren die beiden Räume, die zum Hof hin gelegen waren. Die beiden Schlafzimmer von Oma und Opa lagen nach hinten hinaus. Das von Opa war jetzt das Kinderzimmer von Paul und das von Oma war das Schlafzimmer der schönen Tante.

Zu gern hätte er einen Blick dahin gehabt, aber selbst

wenn es nach vorne heraus gelegen hätte, die fremde Frau hielt ständig die Fensterläden geschlossen, sogar tagsüber. Ihm blieb nur die Hoffnung, dass er sie in der Stube oder in der Küche zu sehen bekam.

Vielleicht, wenn er einmal ganz viel Glück haben sollte, sogar nur in Unterwäsche oder sogar ..., ihm wurde ganz mulmig bei dem Gedanken.

Er stützte sich bäuchlings auf seine Ellenbogen und hielt sich den Feldstecher vor die Augen. Das Fenster mit Blick in die Stube hatte nur Vorhänge, die aber noch nicht geschlossen waren. Das Küchenfenster wurde in der Mitte durch eine dünne Stange in zwei Hälften geteilt, an der eine weiße Spitzengardine die untere Fensterhälfte abdeckte. Michl aber konnte von seinem Beobachtungsposten aus darüber hinweg in die Küche schauen. In beiden Zimmern brannte Licht, aber es hielt sich niemand dort auf. Michl konnte weder die Frau noch ihren Besuch entdecken. Das Einzige, was er klar und deutlich erkennen konnte, war ein grauer Herrenhut, der verlassen auf dem runden Tisch lag, der die Mitte der Stube einnahm, und ein dunkles Sakko, das über einer Stuhllehne hing. Eine ganze Weile geschah nichts, und er musste den Feldstecher mehrmals absetzen, weil ihm die Arme müde wurden vom Hochhalten.

Dann nahm er plötzlich eine Bewegung wahr. Sofort brachte er den Feldstecher wieder in Stellung und schwenkte seinen Blick ins Innere der Stube. Die Tür, die zur Diele führte, wurde geöffnet und ins Zimmer trat Yvonne. Michl schlug das Herz bis zum Hals, denn sie trug nur einen Morgenmantel. Sein Bild begann zu zittern, weil seine Hände es taten. Der Morgenmantel war etwas über die linke Schulter gerutscht, und Michl konnte klar und deutlich den schmalen weißen Träger eines Büstenhalters erkennen. Er war nun ganz aufgeregt. Hinter ihr betrat ein Mann die Stube, den er nicht kannte. Er trug eine Anzughose, ein weißes Hemd und darüber eine Krawatte. Die beiden setzten sich. Der Mann nahm auf dem Stuhl Platz, über dessen Lehne sein Sakko hing, Yvonne setzte sich ihm gegenüber. Dann sagte der Mann etwas. Yvonne nickte, stand auf und ging durch die Diele in die Küche. Sie nahm ein Glas, füllte es mit Wasser und verließ die Küche wieder.

Michl schwenkte mit dem Feldstecher zurück in die Stube. Er sah, wie der Mann sein Portemonnaie zückte und ein paar Geldscheine auf den Tisch legte und dann sein Portemonnaie wieder einsteckte. Yvonne kam mit dem Wasserglas zurück und reichte es dem Mann, der es zügig leerte, so als hätte er wirklich großen Durst. Dann fiel ihr Blick auf die Geldscheine. Sie nahm das Geld an sich und steckte es in eine der Taschen ihres Morgenmantels, dann beugte sie sich zu dem fremden Mann auf dem Stuhl herunter und gab ihm einen Kuss auf die Stirn. Der erhob sich, zog sein Sakko an und nahm den Hut vom Tisch. Dann drückte er Yvonne kurz an sich und verließ den Anbau durch die Eingangstür, ohne dass Yvonne ihn dorthin begleitete.

Und während er in seinen NSU stieg, auf dem Hof wendete und davonfuhr, begab sich Yvonne erneut in die Küche, holte eine große Kaffeetasse aus einem der Hängeschränke, verstaute das gerollte Bündel Geldscheine darin und stellte die Tasse wieder zurück. Soweit Michl das erkennen konnte, befand sich noch mehr Geld in dieser Tasse. Dann ging in der Küche das Licht aus und kurz darauf auch in der Stube.

Michl Holzgärtner verließ seinen Posten. Endlich hatte er etwas gesehen. Er hatte Yvonne im Morgenmantel gesehen, sogar einen Träger ihres Büstenhalters. Das war ein Anfang.

Damit konnte er bei den anderen Burschen in der Schule punkten. Vielleicht zahlten sie ihm ja auch ein paar Groschen, wenn er sie abends auch einmal in die Scheune ließ.

Ohne Garantie auf Erfolg natürlich.

Versteht sich.

3

Benedikt Marquardt hatte vor Fahrtantritt beide Seitenscheiben seines Käfers heruntergekurbelt und genoss jetzt die warme Nachmittagsluft, die von beiden Seiten der Landstraße ins Wageninnere wirbelte und den Geruch der Weizenfelder mit sich trug. Er befand sich auf dem Rückweg von Passau nach Seilersfeld, wo er zusammen mit seinem Vater in dessen Haus lebte. Der 37jährige gelernte Journalist arbeitete als Redakteur der Passauer Neuen Presse und besaß mit dem dunkelgrauen VW einen der wenigen privaten Autos in Seilersfeld.

Streng genommen war der Wagen auch nur halb privat, denn für seine Anschaffung hatte Benedikt einen Zuschuss vom Verlag bekommen. Im Gegenzug musste er sich verpflichten, mit ihm auch die Fahrten zu seinen Außenterminen wahrzunehmen. Normalerweise waren es zwei oder drei Termine, zu denen er im Verlauf einer Woche fuhr. Über sie verfasste er dann direkt vor Ort seine Artikel, die er bis spätestens 22 Uhr telefonisch diktieren musste, damit sie am nächsten Tag erscheinen konnten. Die übrige Zeit befasste er sich in seinem Passauer Büro mit den Alltäglichkeiten seines Ressorts. Dieses berichtete über alles, was in oder für Bayern gesellschaftlich von Bedeutung war. Intern wurde es von den Kollegen anderer Ressorts mit den Buchstaben »KT« abgekürzt.

Das ist nicht für uns. Darum kümmert sich KT.

Klatsch und Tratsch.

Benedikt versuchte immer wieder, sich nicht darüber aufzuregen. In dieser förmlich und offiziell klingenden Abkürzung KT schwang natürlich jenes Maß an überlegener Herablassung mit, das es für Benedikt unmöglich machte, ihr mit Gelassenheit zu begegnen. Es reichte noch nicht einmal für Ignoranz. Er hatte diesbezüglich inzwischen das Stadium der Resignation erreicht. Und die speiste sich nicht nur aus dem Ärger darüber, dass das Ressort, in dem er seit Jahren war, von allen anderen Kollegen belächelt wurde, sondern eben auch aus der Tatsache, dass er immer noch in diesem Ressort arbeitete und seit Jahren keinen Schritt weitergekommen war. Er hatte sich schon oft um frei gewordene Stellen in anderen Abteilungen bemüht, war aber jedes Mal übergangen worden.

Nicht, weil er ein schlechter Journalist wäre, im Gegenteil! Er besaß genau jene Kombination an Fähigkeiten, die einen guten Journalisten auszeichnete. Seine Recherchen waren umfassend. Darüber hinaus hatte er diese besondere Spürnase oder den nötigen Charme, um den Beteiligten eines Sachverhaltes jene Nuancen, Details oder verborgenen Zusammenhänge zu entlocken, die eine Geschichte in ein neues Licht rücken konnten. Und außerdem besaß er das Talent, in einem packenden und pointierten Stil darüber zu schreiben, so dass seine Artikel nicht zuletzt auch einen besonderen, manchmal sogar spannenden Lesegenuss boten.

Auch war es nicht so, dass er eben wegen dieser Fähigkeiten für das Gesellschaftsressort als unentbehrlich eingestuft wurde, um einen Wechsel zu verhindern. Denn ein Mann mit seinen Fähigkeiten wäre tatsächlich in einer bedeutenderen Redaktion, wie beispielsweise der für Politik, in die er sich wünschte, viel besser aufgehoben gewesen. Und ausgerechnet in der Politikredaktion war die zuletzt frei gewordene Stelle durch einen Jüngling besetzt worden, der frisch von der Journalistenschule kam und noch über keinerlei praktische Erfahrung verfügte. Das war ein Affront und zeigte deutlich, dass es nicht um seine Befähigung ging, sondern dass Benedikt Marquardt absichtlich und konsequent übergangen werden sollte.

Die Gründe dafür schienen in seinem Auftreten, beziehungsweise in seinem Erscheinungsbild zu liegen. Während er nach außen, also gegenüber den Vertretern jener Gesellschaft, über die er berichten sollte, galant, charmant und zuvorkommend auftrat, ihnen das Gefühl vermittelte, mit ihnen verbündet zu sein, konnte er diesen Wesenszug nach innen, gegenüber seinen Kollegen, nicht zeigen. Aber das war das Resultat einer Beziehung, die sich wechselseitig befruchtete, denn seine Kollegen (nicht nur die aus anderen Ressorts, sondern auch jene aus dem eigenen) konnten ihm nie unbefangen begegnen.

Seine Art, eine Konversation entweder einsilbig zu gestalten, wenn sie unbedeutend war, oder sie in einen argumentativen Florettkampf zu verwandeln, wenn es darum ging, bestimmte Resultate zu erzielen oder zu verhindern, war das, was aufstieß. Sie führte regelmäßig dazu, dass jene Führungskräfte, die über seine Bewerbung in ein anderes Ressort zu entscheiden hatten, den kollektiven Unmut und Widerstand der Kollegen zu spüren bekamen, in deren Ressort Benedikt zu wechseln wünschte.

Verstärkt wurde das eisige Verhältnis zu ihm durch die peinliche, ja fast hilflose Befangenheit, die die meisten angesichts seiner Behinderung empfanden.

Benedikts linker Arm war kürzer als sein rechter. Auch seine linke Schulter war schmaler als die rechte, und so schien seine ganze Körperhaltung asymmetrisch und krumm. Wer ihm begegnete, hatte den rational nicht begründeten Eindruck, einem Menschen gegenüberzustehen, der falsch und verschlagen war. Das war natürlich Unsinn, denn weder ließ eine körperliche Behinderung oder die durch sie erzwungene Körperhaltung Rückschlüsse auf den Charakter eines Menschen zu, noch hätte es im Fall von Benedikt Marquardt gestimmt.

Tatsächlich war er loyal, solidarisch, mitfühlend und ehrlich. Bisweilen sogar zu ehrlich für so manchen Geschmack, wenn es um verbale Duelle ging. Die Tatsache, dass er diese Behinderung mit Wilhelm II., dem letzten deutschen Kaiser, gemeinsam hatte, brachte ihm auch keine verständnisvolle Akzeptanz ein, sondern nur die vielen Spitznamen, mit denen er schon in der Schule und auch jetzt im Kollegenkreis gerufen wurde. Man nannte ihn *Willi*. Sowohl zu Hause in Seilersfeld als auch in der Redaktion. Sprach man dagegen in seiner Abwesenheit über ihn, war er der *Kaiser*. Wer ihm einen Seitenhieb mitgeben wollte, begrüßte ihn mit »Grüß Gott, Hoheit«, und wenn er den Artikel eines Mitarbeiters korrigieren musste, wusste *Seine Majestät* es mal wieder besser.

Es war Freitag, und ihm stand ausnahmsweise einmal ein freies Wochenende bevor. Oft musste er auch an Samstagen und Sonntagen zu Terminen fahren, da viele gesellschaftliche Ereignisse, über die er berichten musste, an Wochenenden stattfanden. Der Grünschnabel, den man an seiner statt ins Politikressort gesteckt hatte, musste am nächsten Tag für eine ganze Woche nach Berlin fliegen. Aber es war keine Schadenfreude, die Benedikt empfand, sondern Neid.

Der Frischling wurde dem Korrespondenten in Berlin für eine Woche als Assistent zugeteilt für den anstehenden Besuch Kennedys in der Stadt. Er würde Kennedy sehen und den Alten und Willy Brandt. Das wäre ein Termin gewesen, mit dem Benedikt sich hätte für weitere Aufgaben auszeichnen können. Stattdessen sollte er am Montag nach Nürnberg und dort über den ersten Prozesstag gegen den

Nürnberger Baudezernenten berichten, der sich hatte bestechen lassen. Am Dienstag dann fand in Ingolstadt eine öffentliche Gedenkfeier für die sieben Kinder statt, die vor genau einem halben Jahr in ihrem Kindergarten von einem Amokschützen erschossen worden waren. Immerhin würde der bayerische Ministerpräsident Alfons Goppel an dieser Feier teilnehmen, und mit dem war am Rande auch ein Interviewtermin vereinbart worden. Goppel solle darin zu der Frage Stellung beziehen, wie man derartige Amokläufe zukünftig zu verhindern gedenke. Benedikt wusste natürlich, dass man solche Taten kaum bis überhaupt nicht würde verhindern können, sollte es sich bei den Tätern um vereinzelte Irre handeln, die bis zu ihrem Kurzschluss als ganz normale und allseits respektierte Mitbürger gelebt hatten. Aber ein Interview mit dem bayerischen Ministerpräsidenten, das war immerhin etwas. Da könnte er vielleicht etwas mehr rausholen, als einfach nur die zu erwartende Standardantwort, man müsse zur Abschreckung die Strafen erhöhen.

Der Amokschütze von Ingolstadt war noch während der Tat von der eintreffenden Polizei erschossen worden. Was nutzten höhere Strafandrohungen, wenn das Erschossenwerden ohnehin die zweithäufigste Todesursache unter Amokläufern ist, direkt hinter dem sich selbst Erschießen. Abgesehen davon war für Amokläufe sowieso eine lebenslange Haftstrafe vorgesehen. Benedikt freute sich auf dieses Interview.

Am Freitag dann musste er nicht so weit fahren. Da würde er in Landshut eine Rinderschau besuchen. Das lag ihm eigentlich überhaupt nicht und war sicher langweilig, aber diese Kröte hatte er als Beigabe zum Goppel-Interview schlucken müssen.

Der goldene Kuppelturm der Kirche war das Erste, was sich in sein Blickfeld erhob, als die Landstraße ihn über die letzten Hügel an das Südende des Dorfes führte. Kurz danach passierte er die ersten Häuser, die meist zweistöckig mit gelb gestrichener Fassade hinter ihren akkuraten Gartenzäunen die Straße säumten.

Einzelne Bäume, deren Stämme durch die fein säuberlich um sie herum verlegten Kopfsteinpflaster stießen, warfen ein Mosaik aus schattigen Flecken auf den ansonsten hellen und von der Junisonne aufgewärmten Boden. In einer Seitengasse trieben ein paar Burschen kleine Holzräder mit Stöcken vor sich her, und vor dem alten Dorfbrunnen hüpften Mädchen mit bunten Kleidchen und langen Zöpfen Seil. Ein graubrauner Mischlingshund döste auf den Treppenstufen vor einer halb geöffneten Haustür.

Benedikt steuerte seinen Käfer langsam durch sein Heimatdorf, das sich den Bauch vollgeschlagen zu haben schien mit einer warmen und sättigenden Friedlichkeit. Er parkte vor dem Geschäft von Peter und Hilde Kranz und stieg aus. Bevor er nach Hause fuhr, wollte er noch schnell Zigaretten und eine neue Packung Salz kaufen, weil beides zur Neige ging. Er öffnete die Ladentür, deren Oberkante ein kleines Glöckchen streifte.

Bing-li-Bing.

Ihn empfing der Duft frisch gemahlenen Kaffees, von Minze, Petersilie und Bohnerwachs. Das Ganze wurde durchsetzt von einem Schwall unterschiedlicher Fruchttöne, die jedoch nicht von den in Körben gelagerten Orangen, Bananen oder Zitronen ausgingen, sondern von den drei Frauen, die sich vor dem Ladentresen aufgeregt unterhielten.

»Man kann ja überhaupt seine Kinder nicht mehr

hinschicken, um Eier oder Milch zu holen, wenn das wahr ist«, empörte sich Edith Wagner.

»Das geht auf keinen Fall so. Wir müssen mit dem Gustl reden. Der muss die wieder rausschmeißen«, ergänzte Irene Bachleitner, die die ganze Zeit nervös an ihrem geblümten Kleid zubbelte.

»Und wenn er's nicht tut«, wandte sich Edith nun an die hinter der Theke stehende Hilde Kranz, »dann holt Dein Peter Eier und Milch vom Stoiderhof, und dann kaufen wir sie nur noch bei Euch.«

»Ich habe schon mit dem Bürgermeister gesprochen«, meldete sich nun auch Mechthild Hofreiter zu Wort, die bekannt dafür war, Dinge anzupacken, die angepackt werden mussten.

»Und?«

»Ja nichts und! Habe gesagt, dass wir so eine hier nicht wollen. Ob es keine Vorschrift gibt, mit der man sie aus Seilersfeld wieder hinauskomplimentieren könnte. Sittenwidrigkeit oder so etwas. Er aber sagte, sie hat sich bei der Kreisverwaltung ordnungsgemäß angemeldet und auch einen anständigen Mietvertrag mit dem Holzgärtner vorgelegt, und solange sie sich nichts Nachweisbares zu Schulden kommen lässt; sie wäre immerhin eine Deutsche, und sie könnten ihr nicht vorschreiben, wo sie sich niederlässt oder es ihr verbieten. Ich habe gesagt: ...aber die Kinder! Und er meinte, er verstehe, was ich meine …«

»Aber ...?«

»Aber er könnte nichts machen.«

Hilde schlug verärgert mit der Faust auf ihren Tresen.

»Aber das ist ein Schmarrn«, fuhr Mechthild weiter fort. »Ich habe dann mit meinem Schwager in München telefoniert. Der ist Anwalt und meint, man kann durchaus was machen. Der Sepp (Josef »Sepp« Hirschlsberger war der Bürgermeister des Ortes), könnte ganz Seilersfeld zum Sperrgebiet erklären oder wie man das nennt. Das darf der, das ist geltendes Recht, sagt mein Schwager. Und dann kann man sie auch rausschmeißen. Und bestrafen könnte man sie auch, weil sie es in einem Haus tut, in dem selber Kinder wohnen, nämlich ihres. Und dann nähmen sie's ihr auch weg. Aber das Einfachste wäre, sagt mein Schwager, mit dem Gustl zu reden. Ihm erklären, dass er als Vermieter wegen Kuppelei drankommt, und das kostet mindestens einen Monat Zuchthaus und eine Geldstrafe, und sogar die Ehrenrechte als Deutscher verliert er. Das könnten wir ihm ja mal stecken, und dann soll er's von sich aus wieder rausschmeißen, das Flittchen.«

Benedikt hatte sich während dieser Unterhaltung an der Seite gehalten und unbeteiligt durch ein paar Illustrierte geblättert, die in einem dafür vorgesehenen Ständer auslagen. Auch hatte die Damenclique bisher keine Notiz von ihm genommen. Er hatte zuvor schon von der neuen Frau gehört, die in den Holzgärtneranbau eingezogen sein soll. Gesehen hatte er sie noch nicht, weil er meist die ganze Woche für die Zeitung unterwegs war und sich auch sonst kaum am gesellschaftlichen Dorfleben beteiligte, sah man einmal von den Schafkopfabenden mit Peter Kranz und Hubert Förster sowie den unvermeidlichen Festen ab.

Fesch soll sie sein.

Sehr fesch.

Was er aber gerade mit angehört hatte, gefiel ihm ganz und gar nicht. Er hatte in der Vergangenheit mehr als einmal von ähnlichen Dörfern berichten müssen, deren Bewohner sich selbst in eine gemeinschaftliche Katastrophe ritten, weil sie in ihrer Hilflosigkeit nicht mehr davor zurückgeschreckt waren, sich gegenseitig mit Intrigen, Verdächtigungen und Drohungen zu überziehen, um so einer angeblich dem Gemeindewohl dienenden Maßnahme zuzustimmen. Sei es, wie hier, die Ausgrenzung einer missliebigen Person, sei es der Ausbau einer Umgehungsstraße durch das Grundstück eines Einwohners oder sei es der Abriss eines alten Wohnhauses, das einige als Schandfleck des Dorfes bezeichneten.

Hier nun hatte die agile Mechthild Hofreiter den anderen die Möglichkeit offeriert, den bisher allseits geschätzten Holzgärtner Gustl zu instrumentalisieren für ihren Wunsch, die neue Einwohnerin wieder zu verjagen, indem sie ihn mit einer Anzeige wegen Kuppelei, Zuchthaus und dem Entzug der Ehrenrechte bedrohten. Das war genau jener Anfang vom Ende, den Benedikt auch anderenorts im Nachhinein hatte recherchieren können, wenn er hier und da über den Zerfall eines bis dahin funktionierenden und harmonischen Gemeinwesens berichtet hatte.

Irgendeine kleine Quelle ist zu einem Rinnsal geworden, das stetig breiter wurde, sich zu einem Bach weitete, mehr und mehr Geschwindigkeit aufnahm, dabei Sand und Geröll mit sich riss, welches tiefe Furchen in bisher festen Grund und Boden zog, bis die schäumende Gischt aus Neid und Missgunst, aus Wagenburgmentalität und gesellschaftlicher Abtreibung auf einem reißenden Strom tanzte, der nicht mehr aufzuhalten war, und dessen gewaltige Massen auf Seilersfeld niederstürzen und alles an Solidarität und Urvertrauen für die Zeitspanne einer kompletten Generation hinwegschwemmen sollte. Was übrig bliebe, wären nur die hohlen, äußeren Fassaden des Respektes und gegenseitigen Vertrauens. Man würde sich vielleicht bemühen, ihnen wenigstens immer wieder einen neuen Anstrich zu verpassen, allerdings vergeblich.

Benedikt wollte sich gerade zu den Frauen umdrehen und etwas sagen, als ein helles Bing-li-Bing die Situation veränderte. Der Gegenstand des Gespräches höchst selbst betrat den Verkaufsraum. Yvonne Schmidt trug ein langes laubbraunes Kleid, welches durch einen breiten, beigefarbenen Ledergürtel zusätzlich tailliert wurde. Im Gegensatz zu den warmen Außentemperaturen war es im Laden angenehm kühl.

Jetzt wurde es beklemmend kalt.

Wo eben noch ein lautes und aufgeregtes Gezeter geherrscht hatte, war es plötzlich mucksmäuschenstill. Als hätte sich mitten im Juni eine dicke Schneedecke herabgesenkt und alles quirlige Leben mit einem Mal in einen dämpfenden Mantel der allgemeinen Lähmung und Stille gehüllt.

»Guten Tag zusammen«, sagte Yvonne etwas schüchtern, denn ihr war die eingetretene Stille nicht entgangen. Ihre Stimme hatte eine klare und helle Melodie. Benedikt Marquardt verstand sofort, warum die Mechthilds und Hildes des Dorfes diesen Spiegel ihrer eigenen Unzulänglichkeiten und ihres Ausderformgeratenseins in tausend Scherben zu zerbrechen trachteten.

Mit hörbar feindseliger Stimme brach Hilde Kranz das allgemeine Schweigen.

»Bitte?«

»Bin ich denn schon dran?«, fragte die melodische Stimme zurück.

»Ja, Sie sind dran!«, kam es prompt zurück.

Yvonne machte ein paar zaghafte Schritte durch die drei anderen Kundinnen hindurch und trat vor den Verkaufstresen, hinter dem die Besitzerin mit vor der Brust verschränkten Armen, gekniffenen Augen und vorgeschobener Unterlippe der Bestellung entgegen sah. Sie lautete auf ein Pfund gemahlenen Kaffees, einer Packung Eiernudeln und zwei Flaschen Orangenlimonade.

»Kaffee, Nudeln und Limo sind aus«, lautete die Antwort. Die junge Frau in dem laubbraunen Kleid schien die Bedeutung dieser Antwort nicht sofort erfasst zu haben, denn sie zeigte auf die Kaffeepackungen, die für jedermann sichtbar hinter dem Rücken der Kranz in den Regalfächern standen.

»Aber ...«

»Die sind alle vorbestellt.«

Yvonne Schmidt sah der Verkäuferin fassungslos ins Gesicht. Ihr Blick verriet eine Mischung aus überraschter, ja fast belustigter Ungläubigkeit und dem verzweifelten Versuch ihres Verstandes, sich etwas erklären zu wollen, was von ihm nur begriffen werden konnte, wenn er die Gegenstände *Kaffee*, *Nudeln* und *Limo* in Hildes Aussage ignorierte. Danach erst nahm ihr Gesicht den Ausdruck des Verstandenhabens an. Yvonne drehte sich langsam um ihre eigene Achse und sah den drei anderen Frauen, einer nach der anderen, in die Augen und erntete bei jeder offene Ablehnung. Dann machte sie wortlos auf ihrem Absatz kehrt und verließ unter der akustischen Begleitung eines hellen Bing-li-Bings den Laden.

»Was war denn das?«, ließ sich nun Benedikt vernehmen und schob sich an Edith, Mechthild und Irene vorbei an den Tresen.

»Die soll sich zum Teufel scheren. Bei mir jedenfalls kriegt sie nichts mehr«, sagte Hilde Kranz kühl und bestimmt.

»Warum? Was hat sie getan?«

»Na hör mal, Willi, was soll denn aus unserem schönen

Dorf werden, wenn hier eine Nutte wohnt und ihre Freier empfängt?«

»Wieso Nutte?«

Und dann unterbreitete Hilde Kranz ihm all die Fakten, die sie schon beim Frisieren in Birgit Försters Küche präsentiert hatte und mit denen sie bisher jeden überzeugen konnte, dass diese Yvonne Schmidt eine Prostituierte sei. Benedikt hatte sich alles ganz ruhig angehört. Dann drehte er sich zu den drei anderen um, während er mit seinem ausgestreckten gesunden Arm auf Hilde deutete.

»*Das* ist ein Schmarrn, meine Damen. Das sagt überhaupt nichts. Bevor ihr dem alten Gustl die Ehre abschneidet oder sonst etwas in dieser Richtung tut, braucht ihr einen unwiderlegbaren Beweis, dass Frau Schmidt eine Professionelle ist. Und *das* ...«, er wedelte empört mit seinem Zeigefinger unter Hildes Doppelkinn, »... ist keiner! Voreilige Hirngespinste.«

»Wir werden schon einen Beweis finden, verlass Dich drauf«, giftete ihn Mechthild an, und da wurde ihm klar, dass aus dem ursprünglichen Wunsch, keine Hure im Dorf zu haben, nun der Eifer entstanden war, mit Yvonne Schmidt auf Teufel komm raus unbedingt eine haben zu wollen. Er drehte sich wieder zum Tresen um und wandte sich an Hilde Kranz.

»Ich hätte gerne eine Packung Lucky Strikes, Salz, ein Pfund gemahlenen Kaffee, eine Packung Eiernudeln und zwei Flaschen Orangenlimonade.«

Zuerst drehte sich die Verkäuferin in argloser Gewohnheit zu dem Regal hinter ihr um und griff nach den Zigaretten, als sie plötzlich innehielt. Dann fuhr sie, wie von einer Tarantel gestochen, herum, stützte sich mit fest zusammengeballten Fäusten auf ihre Theke und fixierte den

Mann vor ihr mit einem hasserfüllten Blick. Sie suchte nach Worten, aber die Lippen ihres offenstehenden Mundes zitterten nur.

»Ich hätte gerne eine Packung Lucky Strikes, Salz, ein Pfund gemahlenen Kaffee, eine Packung Eiernudeln und zwei Flaschen Orangenlimonade«, wiederholte er und sah ihr selbstbewusst in die Augen, ohne mit der Wimper zu zucken.

»Oder wird ein angesehener Redakteur der Passauer Neuen Presse, der bisher noch nie über sein Heimatdorf oder über bestimmte Familien, die dort wohnen, berichtet hat, hier auch nicht mehr bedient?«

4

Wer Yvonne das erste Mal sah und sie nicht kannte, würde sie jenen modernen Frauen zuordnen, die nicht auf den Mund gefallen sind. Erste gelegentliche Vorboten einer revolutionären Zeit, die da noch kommen sollte.

Doch das Gegenteil war der Fall.

Sie hatte Zeit ihres Lebens das Gefühl, ein Spielball desselben zu sein, von einer Laune der Natur ohne eigenes Zutun hineingeworfen und umher geschubst zu werden, ohne dass ihr selbst das Recht oder auch nur der Wille zugestanden worden war, es in irgendeiner Weise zu beeinflussen.

Und sie war am Ende ihrer Kräfte.

Die Reserven, wenn sie überhaupt einmal über nennenswerte verfügt hatte, waren verbraucht. Sie war als jüngstes von fünf Kindern aufgewachsen und hatte dazu das Pech, ein Mädchen zu sein. Eigentlich hätte das ein Vorteil sein können, wäre ihr Vater einer gewesen, der streng mit seinen Jungs war, seine kleine Tochter jedoch nachsichtig hofierte. Aber dem war nicht so. In ihrer Familie war es eher umgekehrt. Sie konnte ihm nichts recht machen. Darüber hinaus wurden auch sonnige und verspielte Tage stets von einem Schatten verdunkelt, der von dem allgemeinen Wissen auf Mutter und Kinder geworfen wurde, dass dem Tag der Abend und damit Vaters Heimkehr aus der Fabrik oder - schlimmer noch - aus der Kneipe folgen würde.

Was der Abend dann brachte, hing nicht mehr vom Geschmack des Abendessens, vom Aufgeräumtsein der beiden Kinderzimmer oder von der Blumensorte ab, die in einer Vase den Tisch in der Stube schmückte, sondern nur von seiner Laune, die er aus der Fabrik mitgebracht oder von der Zahl der Schnäpse, die er in der Kneipe getrunken hatte.

Die schönste Zeit ihres Lebens war die Zeit, in der sie noch zur Schule ging. Im Gegensatz zu den meisten Schülern gingen sie und ihre Brüder gerne in die Schule, denn es war jene Zeit des Tages, in der sie nicht zu Hause sein mussten. Zu Hause regierte die Mutter in Abwesenheit ihres Mannes mit vergleichbarer Strenge und Gewalt. Entweder war sie mit fünf Kindern und einem auch sie schlagenden Ehemann völlig überfordert, oder sie kompensierte ihre demütige Unterlegenheit mit einer eigenen tyrannischen Macht, die sie wiederum über die Kinder zu haben glaubte.

Auf jeden Fall brachten die Geschwister, weil sie sich in der Schule wohlfühlten, überdurchschnittlich gute Noten mit nach Hause. Ihre Noten waren viel besser, als es die des Vaters jemals gewesen waren, und im Gegensatz zu ihm haben alle das Abitur machen können. Bis auf Yvonne.

Während der Vater seine Söhne ins Abitur zu prügeln drohte, wenn sie nicht wollten, setzte es für Yvonne welche, als sie nur den Wunsch äußerte, das Abitur machen zu dürfen. Wer sie denn glaube, wer sie sei, hieß es. Wer ihr denn solche Flausen in den Kopf gesetzt habe? Es reiche, wenn ihm die Jungs noch ein paar Jahre auf der Tasche lägen, aber aus denen könne was werden. Sie lerne gefälligst einen anständigen hauswirtschaftlichen Beruf oder etwas Ähnliches, was sich für eine Frau gehört.

Und dann, nach ihrer Ausbildung, führte er sie stattdessen vor den Traualtar, wo er sie seinem Kollegen Horst Schmidt aus der Fabrik übergab.

Mit den Worten: »Jetzt gehört sie dir.«

Horst war zwölf Jahre älter als sie. Sie lernten sich kennen, als ihr Vater ihn zusammen mit anderen seiner Kollegen eines Abends mit nach Hause brachte, damit sie sich gemeinsam, mit einer Kiste Bier bewaffnet, das Endspiel der deutschen Fußballmeisterschaft im Radio anhören konnten. Horst war nett. Immer wieder löste er sich von seinen Kollegen und der Übertragung, um unter irgendeinem Vorwand in die Küche zu kommen, in der sie sich aufhielt. Sie machte den Männern Schnittchen oder Käsehäppchen, stellte leere Bierflaschen in die gekaufte Kiste oder volle in den Kühlschrank. Er schäkerte mit ihr, machte ihr Komplimente und beeindruckte sie in vielerlei Hinsicht. Nicht nur, dass er sich mehr für sie als für seine Freunde oder das Fußballspiel zu interessieren schien, er ging ihr manchmal sogar bei den Schnittchen geschickt zur Hand. Er umgarnte sie mit einem Charme, der sich durch eine verführerische Leichtigkeit und Natürlichkeit auszeichnete, und er sah auch noch verdammt gut aus.

Horst war groß und kräftig, sein schwarzes Haar trug er verwegen geradlinig zurückgekämmt, und es hatte einen edlen, matten Glanz von der Pomade, mit der er es bändigte. Zusammen mit dem gepflegten Schnurrbart, der aus zwei getrennten dünnen Strichen bestand, erinnerte er sie an den frühen Errol Flynn. Was sie jedoch mehr als alles andere magisch anzog, waren seine Augen, in denen ein Feuer brannte, in welchem sie ihre eigene Lebenssehnsucht gespiegelt sah, die Verheißung von Leidenschaft und Abenteuer, das Versprechen auf ein eigenes Leben und vor allem die Aussicht auf Flucht. Raus aus der beengten und angstbesetzten Abstellkammer, die ihre Eltern aus ihrem bisherigen Leben gemacht hatten.

Ihre Mutter hatte sich lange gegen die Beziehung mit Horst gestellt, weil Yvonnes Auszug sie allein mit ihrem Mann zurückließ. Aber sie tat Yvonne nicht im Geringsten leid. Dafür hatte sie ihr zu oft die Solidarität, den Schutz und die Nestwärme verweigert, die Yvonne gebraucht hätte. Ihr Vater dagegen schien sie tatsächlich loswerden zu wollen, denn er trieb die Beziehung mit Horst voran. Und selbst wenn er es nur deswegen tat, um sie aus dem Haus zu kriegen, war es das erste und einzige Mal, dass Yvonne ihm so etwas wie Dankbarkeit entgegen brachte, als er Horsts Antrag um ihre Hand zustimmte und das zaghafte »Aber« seiner Frau mit einem lauten Machtwort im Keim erstickte.

Horst führte sie nun immer wieder aus zu Tanzveranstaltungen oder ins Kino, und sie genoss einerseits die neu gewonnene Freiheit und andererseits seinen Stolz, den der zwölf Jahre ältere augenscheinlich empfand, wenn er sich mit ihr irgendwo blicken ließ.

Natürlich durfte sie vor der Hochzeit noch nicht bei ihm übernachten, das wäre trotz der väterlichen Begeisterung für diese Beziehung undenkbar gewesen, aber sie fanden auch so ihre Nischen, wenn sie zusammen waren. Sie heirateten, als Yvonne 21 wurde, und damit verbunden war auch der ersehnte Umzug in seine Wohnung.

Was dann aber folgte, hatte ihr endgültig die Kraft, den Behauptungswillen und das Selbstbewusstsein genommen, die sie allesamt vorhin gegenüber Hilde Kranz gebraucht hätte. Der ganze Charme, die Leichtigkeit, das zuvorkommende Wesen und die humorige Freundlichkeit, die Horst bis dahin an den Tag gelegt hatte (und es in Gesellschaft anderer weiterhin tat), waren mit einem Mal wie weggeblasen, sobald sie geheiratet hatten und Yvonne zu ihm gezogen war. Die Flamme in seinen Augen, die ihr so verheißungsvoll Leidenschaft und Lebensfreude versprochen hatte, entpuppte sich als das nervöse Flackern einer unsicheren Seele, die sich hinter Herrschsucht, Jähzorn und Eifersucht versteckte.

Lebte Yvonne bisher in einer Abstellkammer, so erschöpfte sich ihr neues Dasein in der Enge eines Verschlages, aus dem sie nur zur Arbeit entlassen wurde. Sie wusste nicht, wie er es anstellte, aber er schlich sich gelegentlich schon nachmittags aus der Fabrik und wartete schon um vier Uhr zu Hause auf sie, um zu kontrollieren, ob sie pünktlich, das heißt direkt und ohne Umwege, von der Arbeit nach Hause kam.

Zwei Jahre später kam Paul zur Welt, und sie legte eine dreijährige Pause ein, in der sie das Haus ohne Horst quasi überhaupt nicht mehr verlassen konnte. Erst als Paul in den Kindergarten kam, durfte sie ihre Arbeit wieder aufnehmen. Als sie einmal krank war und nicht zur Arbeit gehen konnte, war eine besorgte Kollegin gekommen, um nach ihr zu sehen. Und obwohl Yvonne sichtlich immer nervöser wurde, schaffte sie es nicht, ihre Kollegin rechtzeitig zum Gehen zu bewegen, bevor Horst um kurz nach Sechs nach Hause kam.

Solange die ihm fremde Frau anwesend war, verhielt er sich charmant und freundlich wie immer. Aber nachdem sie gegangen war, setzte es Schläge.

Und zwischen jedem Schlag das sinnlose Verhör.

Was hast Du ihr erzählt?

Hast Du mich als Arschloch hingestellt?

Hast Du ihr Dein Leid geklagt?

Paff!

Oder war sie als Botin für einen anderen Kerl hier?

Paff!

Wie heißt er?

Wer ist es?

Wen hast Du kennengelernt?

Paff - Paff!

Während man einen Regenschauer oder den jährlichen Winter als etwas Unabänderliches einfach in dem Bewusstsein hinzunehmen gewohnt war, dass er auch wieder vorbei ging, nahm Yvonne das Leben, in das sie hineingeworfen worden war, als etwas ebenso Unabänderliches hin, nur dass sie es in der hoffnungslosen Erwartung tat, dass es nicht vorbei ging.

Sie richtete es aber möglichst bei allen Gelegenheiten so ein, Horst keinerlei Anlass für seine Eifersuchtsattacken zu geben. Und das gelang ihr im Verlauf der Ehe auch immer besser.

Bis auf eine einzige Ausnahme.

Bis auf diese, wenn auch kurze, Affäre mit ihrem Chef, auf die sie sich in ihrer Sehnsucht nach Liebe und Zuwendung, nach Verständnis und Geborgenheit eingelassen hatte. Von dieser Affäre hatte Horst zwar weder während ihres kurzen Bestehens noch später jemals etwas geahnt. Trotzdem war sie der Grund für die ganze Katastrophe, die sich erst Jahre später ereignen sollte und wegen der sie jetzt in diesem Kuhdorf gestrandet war, wie in der Sackgasse eines weiß Gott wie entstandenen Feldweges, der plötzlich und unvermittelt im sinnlosen Nichts wilder Brennnesseln endete. Über Yvonne prasselte ab dann ein wochen- und monatelanger Hagelsturm von Anfeindungen ein. Von Nachbarn, von Fremden, sogar von den wenigen Freunden, die Horst und sie hatten, aber auch von ihren ehemaligen Arbeitskolleginnen, den sie nicht länger ertragen konnte.

Die Ausgrenzung und gesellschaftliche Isolation, die sie hat erleben müssen, waren ebenso komplett und vollkommen, wie das Gefühl der eigenen Schuld, die sie sich mit dieser Affäre aufgeladen hatte. All das sollte ihr zu Recht geschehen. Sie hatte es heraufbeschworen, und sie konnte es sich selbst nicht verzeihen.

Wie sollten es all die anderen können?

Diese Schuld würden ihre ohnehin schmalen Schultern unmöglich lange tragen können. Sie verbarrikadierte sich über Wochen in der Wohnung, in der sie zuletzt auch nicht mehr von den Geräuschen aufgeschreckt wurde, die die Luftballons machten, wenn sie, mit roter Farbe gefüllt, an ihren Fensterscheiben zerplatzten. Und sie hätte ihrem verpfuschten Leben zweifelsohne ein Ende gesetzt, wenn es Paul nicht gegeben hätte und wenn ihr ältester Bruder nicht gewesen wäre.

Der hat sie da herausgeholt.

Er kam und entzündete tief in dem modrigen Sumpf aus Schuld, Verzweiflung und Resignation ein kleines Fünkchen Hoffnung, als er ihr berichtete, dass die Schwester seiner Frau mit einem Mann verheiratet sei, dessen Schwester wiederum einen Bauernhof irgendwo im tiefsten Niederbayern besäße. Er sei in einem kleinen Dorf, so weit weg von allem, dass sie dort mit Sicherheit niemand kennen würde, und auf diesem Bauernhof gäbe es einen Anbau mit einer voll eingerichteten Wohnung, die seit langem leerstehe.

Dort könne sie neu anfangen. Inkognito.

Sie hatte gerade vorsichtig damit begonnen, sich einigermaßen wohlzufühlen, insbesondere da sie durch Wilma und Gustl Holzgärtner zum ersten Mal seit einer gefühlten Ewigkeit Freundlichkeit erfuhr und das Gefühl vermittelt bekam, willkommen zu sein. Die Bauern und ihr Sohn Michl, aber auch die beiden Knechte, hatten Paul fürsorglich an die Hand genommen und ihm den Hof gezeigt. Sie hatten ihm beigebracht, wie er die Hühner füttern oder ihnen morgens die Eier wegnehmen konnte. Sie hatten ihm die Pferde, die Schweine und die Kühe gezeigt oder wie man sich in der Scheune aus Heu eine Burg bauen und darin spielen konnte. Seit sie hier angekommen waren, konnte sie Paul aufblühen sehen. Aus dem ehemals zutiefst eingeschüchterten Jungen war ein fröhlicher geworden. Yvonne hoffte, dass ihm das helfen würde, das Trauma der Vergangenheit zu vergessen.

Die Wand aus Ablehnung aber, vor die sie eben im Dorfladen gestoßen war, hatte einen Kloß aus Trauer, aus Erinnerung und stiller Verzweiflung nach oben in ihren Schlund geschoben, an dem nicht nur kein einziger Ton vorbei schlüpfen konnte, sondern der sie zudem gezwungen hatte, sofort das Weite zu suchen, wollte sie nicht vor den Dorffrauen heulend zusammenbrechen. Dann war sie strammen Schrittes bis zum Dorfrand marschiert. Jetzt aber begannen ihre Beine, ihr den Dienst zu versagen, und sie torkelte schwach auf ihren Absätzen bis zu einer Bank, die vor der Marienstatue am Dorfrand stand. Sie setzte sich und verfiel in ein tränenloses, trockenes Weinen, das nur aus einem reflexartigen Glucksen im Rachen bestand.

Sie verstand es nicht.

Es konnte doch unmöglich wieder von vorne anfangen. Das trieb sie in ein dunkles Tal vollständiger Einsamkeit, von Gott und den Menschen verlassen.

Aufgegeben. Unwert weggeworfen.

Ein dunkelgrauer VW Käfer brauste an ihr vorbei und bremste nach hundert Metern ab. Dann setzte er ein Stück zurück und hielt am Straßenrand an. Yvonne zog die Nase hoch und richtete sich auf. Ein Mann, den sie nicht kannte, der ihr aber irgendwie bekannt vorkam, stieg aus. Dann erinnerte sie sich. Sie glaubte, ihn im Laden gesehen zu haben. Bei den Illustrierten. Er war dort gewesen, zusammen mit den anderen.

Der Mann blieb einen Moment neben seinem Käfer stehen und sah zu ihr herüber. Irgendwie stand er schief, so schien es ihr. Die Ursache dafür konnte sie so schnell nicht ausmachen, aber er machte nicht den Eindruck eines aufrechten, geradlinigen Menschen. Dann setzte er sich in Bewegung und nahm neben ihr auf der Bank Platz.

»Ich bin Benedikt, Benedikt Marquardt. Ich war vorhin auch im Laden, als Sie hereinkamen. Erinnern Sie sich?«

Yvonne schaute nach unten auf den Gehweg und nickte schüchtern.

»Ob Sie es nun glauben oder nicht, aber ich fand es nicht richtig, wie man Sie behandelt hat«, fuhr er fort.

»Ich habe mir daher erlaubt, ein Pfund Kaffee, Eiernudeln und zwei Flaschen Orangenlimonade für Sie zu kaufen.«

Yvonne richtete sich wieder auf, drehte sich zu ihm und sah ihm in die Augen. Jetzt war er es, der dem Blick dieser unglaublich schönen und verzweifelten Frau nicht standhalten konnte, und er nickte mit seinem Kopf zum Wagen.

»Die Sachen sind im Auto, und wenn Sie einverstanden sind, fahre ich Sie, den Kaffee, die Nudeln und die Limo zum Hof.«

5

Yvonne nahm das inzwischen kochende Wasser vom Herd und ließ es durch den gefüllten Kaffeefilter fließen. Dann ging sie mit der Kanne voller Kaffee zurück in die Stube. Die Luft füllte sich mit seinem Duft. Benedikt saß am Tisch und schaute sich im Zimmer um. Er fand kaum persönliche Sachen seiner Gastgeberin. Das gute Sonntagsservice hinter den Glastüren des Buffets war ebenso aus dem Nachlass der alten Holzgärtners übrig geblieben, wie das gestickte Tischdeckchen oder der V-förmige Zeitungsständer neben dem Ohrensessel.

»Möchten Sie Milch oder Zucker?«, fragte Yvonne, als sie den dampfenden Kaffee in seine Tasse goss.

»Nur Milch, danke«, antwortete er. Sie füllte auch ihre Tasse und setzte sich dann ebenfalls an den Tisch, so dass sie ihm gegenüber saß. Paul hielt sich in Wilmas Küche auf, wo er die kleinen Kätzchen bewunderte, die die Hauskatze Mimi geworfen hatte. Sie nippten vorsichtig an ihren Tassen, wagten dabei gelegentlich einen Blick zum jeweils anderen und warteten auf jene Worte, an denen sie sich zum eigentlichen Thema hangeln konnten. Doch dann übersprang der Journalist diesen Teil einfach.

»Woher kommen Sie, und was hat Sie hierher nach Seilersfeld verschlagen?«, fragte er direkt in die eingetretene Stille hinein. Seine häufigen Erfolge als Reporter waren zu einem Großteil auf seine Stimme zurückzuführen, wenn er Fragen stellte. Sie klang nach Sanftmut und verständnisvoller Anteilnahme. Yvonne sah verlegen in ihren Kaffee. Dann antwortete sie leise:

»Ich frage mich vielmehr, was ich demnächst machen soll, wenn ich hier nicht mehr einkaufen darf« und wich seiner

Frage damit geschickt aus.

Im Grunde war Benedikt ein Mann wie jeder andere auch, und er spürte sofort den Impuls, ihr bei diesem Problem zu helfen. Aber er war erfahren genug, mit seinem Lösungsvorschlag die Kurve zurück zu seinem Anliegen, zu seiner Frage zu kriegen.

»Möglicherweise wird Wilma Ihnen erst einmal alles mitbringen müssen, was Sie brauchen. Aber wenn ich die Frauen im Laden richtig verstanden habe, wollen sie bei Wilma keine Eier und keine Milch mehr kaufen, solange Sie hier wohnen. Und dann kann es sein, dass auch die Holzgärtners im Ort nichts mehr werden kaufen können. Man will sie zwingen, den Mietvertrag mit Ihnen zu kündigen, damit Sie von hier verschwinden.«

Yvonne spürte sofort wieder den Kloß in ihrem Hals, der jeden Versuch einer Antwort erstickte. Sie vergrub ihr Gesicht in ihren Handflächen. Wie konnte das sein? Woher konnten die Menschen in Seilersfeld etwas wissen? Hatten die Bauern etwas erzählt? Das konnte sie sich eigentlich nicht vorstellen, sie hielt beide für absolut vertrauenswürdig. Und deren Sohn Michl wusste von nichts. Außerdem war es schon schlimm genug, dass man sie anfeindete, aber sie wollte nicht, dass nun auch noch ihre fürsorglichen Wirtsleute mit hineingezogen wurden.

Sie spürte, wie ihre Hände sanft aber bestimmt von zwei Männerhänden ergriffen wurden, eine von ihnen etwas größer und kräftiger als die andere. Sie zogen ihre Hände von ihrem Gesicht weg und drückten sie sanft auf die Tischplatte. Dann legten sie sich behutsam auf die ihren und bedeckten sie. Benedikts Hände fühlten sich angenehm warm und zart an, die Hände eines Mannes, der noch nie körperlich hat arbeiten müssen. Sie fragte sich, womit er sein

Geld verdiente. Yvonne konnte ihm weder in die Augen noch auf seine ungleichen Hände sehen. Dann sprach Benedikt sie wieder an. Sein Ton war weich und ruhig, so als spräche er zu einem Kind.

»Die Frauen im Laden glauben, dass Sie ...«, er unterbrach sich kurz, »dass Sie eine Prostituierte sind.«

Yvonne hob abrupt den Kopf und sah ihm direkt ins Gesicht. Sie lächelte, und ihr Blick wurde plötzlich hell und klar. Es war, als wäre im Inneren ihres Kopfes, in der einsamen und geheimnisvollen Dunkelheit, die sich darin eingenistet hatte, das Licht angeknipst worden.

»Was? Wirklich?«, stieß sie hervor, und ihre Stimme machte einen Hüpfer, so als habe er ihr eine sehr erfreuliche Nachricht überbracht.

Benedikt war sichtlich überrascht von dieser Reaktion, hatte er doch Scham oder Empörung erwartet, je nachdem, ob sie nun wirklich eine Prostituierte war oder nicht. Aber er hatte nicht mit Freude gerechnet, und die schien sie offenbar gerade zu empfinden. Er zog seine Hände von ihren herunter und legte sie sich auf den Schoß, so dass Yvonne sie nicht mehr sehen konnte.

»Das scheint Sie zu amüsieren«, sagte er etwas konsterniert.

»Ja, das heißt, ich meine natürlich nein. Aber es erleichtert mich auch irgendwie«, gab sie zurück, »denn das kann man ja aus der Welt schaffen. Ich bin keine.«

Benedikt erzählte ihr von den Beobachtungen, die Peter Kranz bei seinen abendlichen Lieferfahrten gemacht hatte, und dass für Hilde Kranz und ihre Kundinnen angesichts dieser verschiedenen Herrenbesuche, zusammen mit der Tatsache, dass sie ansonsten keinerlei Einkünfte hatte und ohne Mann lebte, die Vermutung nahe lag, dass sie ihren

Lebensunterhalt eben mit diesen Herrenbesuchen finanzierte.

»Das stimmt!«, gab Yvonne nun zu seiner vollständigen Verwirrung zu. »Mein kompletter Lebensunterhalt wird von diesen Männern finanziert«, sagte sie sichtlich amüsiert und schenkte ihrem Besuch noch einen weiteren Kaffee ein.

»Es sind meine Brüder, und sie teilen sich die Kosten für Paul und mich gerecht untereinander auf, bis ich wieder selber arbeiten kann. Sie helfen uns, damit wir Ruhe finden und irgendwo leben können.«

Dann erhob sie sich, beugte sich weit über den Tisch und ergriff seine Hände, die gefaltet auf seinen Beinen lagen. Sie nahm sie und legte sie wieder auf den Tisch. Nun war sie es, die ihre Hände schützend auf die seinen legte.

»Sie brauchen sich nicht zu verstecken, Benedikt Marquardt. Sie sind ein guter Mann, und ich bin Ihnen unendlich dankbar für das, was Sie heute getan haben. Sie haben mir Hoffnung gegeben. Ich war im ersten Moment völlig verzweifelt, fühlte mich unglaublich einsam, selbst hier eine Ausgestoßene, unerwünscht zu sein. Sie wissen nicht, was ich durchgemacht habe. Aber dann kamen Sie. Sie sind für mich wie dieser Engel aus der Bibel. Ich kenne mich nicht so gut aus in der Bibel, aber da gab es doch einen, der sagte »Fürchte Dich nicht«, und im Prinzip haben Sie genau das heute zu mir gesagt. Sie haben gesagt, ich wäre falsch behandelt worden. Sie waren dort und haben sich nicht darauf eingelassen, mich sofort zu verurteilen. Sie sind mir hinterher gefahren und haben mir gezeigt, dass es nicht nur solche gibt. Mit all dem haben Sie mir gesagt: »Fürchte Dich nicht«. Sie können sich nicht vorstellen, wie gut mir das tut und was das für mich bedeutet.«

Benedikt fühlte die warmen und weichen Frauenhände

auf seinen Handrücken, und sie fühlten sich gut an. Eine zärtliche Berührung durch eine Frau war etwas, was er nicht kannte. Seine Behinderung und sein damit verbundenes Erscheinungsbild hatten es bisher verhindert, dass sich Frauen näher als nur auf der beruflichen Ebene mit ihm eingelassen hatten. Er spürte den starken Drang, seine Hände umzudrehen und ihre dann zu umfassen. Aber er beherrschte sich. Das war sicher unangemessen und konnte leicht missverstanden werden. Stattdessen zog er sie, wenn auch ungern, unter ihren Händen hervor, um seine Kaffeetasse zu ergreifen und damit erneut einen neutralen Boden zu betreten. Außerdem hatte die kurze intime Situation weder die Tatsache verdeckt, dass sie einander Fremde waren, noch hatte sie seine angeborene Neugierde beendet.

»Wenn ich Sie so reden höre, drängt sich mir das Gefühl auf, sie seien auf der Flucht.«

Dabei nippte er wie beiläufig an seiner Tasse.

Yvonne lehnte sich wieder zurück.

»Sie werden von Ihren Brüdern hier versteckt, stimmt's?«, ergänzte er seine Vermutung.

»Vor wem?«, schob er nach.

»Ist es Ihr Mann?«

Yvonne stand auf und begann damit, die Kaffeekanne, das Zuckerdöschen, das Milchkännchen sowie ihre eigene, noch halbvolle Tasse auf das mitgebrachte Tablett zu stellen und antwortete hörbar kühl:

»Bei aller Dankbarkeit für Ihre Hilfe und bei allem Respekt, aber ich wüsste nicht, was Sie das anginge. Ich möchte auch nicht darüber reden.«

Dann nahm sie ihm auch seine Tasse ab, stellte sie auf das Tablett und trug dieses in die Küche. Das hieß wohl, es sei an der Zeit, wieder zu gehen. Benedikt stand auf und folgte ihr. Im Türrahmen zur Küche blieb er stehen. Seine Stimme hatte wieder jenen angenehm beruhigenden Tonfall, der ihr zu Beginn aufgefallen war. Er sprach, während sie das Geschirr in die Spüle und die Milch in den Kühlschrank stellte.

»Ich denke, es wird Zeit für mich, nach Hause zu fahren. Mein Vater wird sicher schon allein gegessen haben. Ich würde Ihnen gerne helfen, wenn Sie Hilfe brauchen. Sollte die Kranz tatsächlich auch an Wilma nichts mehr verkaufen wollen, kommen Sie zu mir. Ich bringe Ihnen dann was aus Passau mit. Da arbeite ich. Wenn ich nicht da bin, können Sie Ihren Einkaufszettel ruhig meinem Vater geben. Er ist pensioniert und fast immer zu Hause. Er wird Bescheid wissen. Wir wohnen in dem Haus mit der dunkelgrünen Balustrade am Ende der Ludwigstraße. Können Sie nicht verfehlen. Ich wünsche Ihnen noch ein schönes Wochenende und danke für den Kaffee.«

»Was machen Sie in Passau?«, fragte sie, während sie ihm zur Haustür folgte.

»Ich bin Journalist bei der Passauer.«

Sie stieß einen entsetzten Laut aus.

Ihre Stimme überschlug sich fast.

»Sie sind Reporter?«

Benedikt öffnete die Haustüre und drehte sich im Hinausgehen noch einmal um.

»Journalist, ja.«

Yvonne hielt mit einer Hand die Türe fest und drückte Benedikt mit der anderen nach draußen.

»So ist das also«, schrie sie verärgert, «der große selbstlose Helfer in der Not, was? Schamloses Reporterpack. Lasst mich endlich in Ruhe!«

Dann knallte sie ihm die Türe vor der Nase zu.

Auf das Geschrei aufmerksam geworden, trat Wilma Holzgärtner aus ihrer Küche hinaus auf den Hof.

»Willi? Was machst Du denn hier? Was ist los?«

Benedikt »Willi« Marquardt erklärte ihr, was vorgefallen war. Er erzählte vom Verdacht der Frauen im Dorfladen, davon, dass Yvonne nichts einkaufen durfte, und dass er es für sie getan hatte. Er erzählte von ihrer heftigen Reaktion, als sie erfuhr, wer er war. Seine Schilderung wurde begleitet von einem Blick, aus dem ehrlich schockierte Ratlosigkeit sprach. Davon, dass die Hofreiter Mechthild vorgeschlagen hatte, ihnen mit einer Anzeige wegen Kuppelei zu drohen, sagte er nichts. Es hätte den gleichen, das Vertrauen untereinander zerstörenden Effekt, also schwieg er über diesen Punkt. Er hoffte noch, dieses oder ähnliche Vorhaben verhindern zu können.

»Ach, das arme Ding«, sagte die Bäuerin und legte ihm ihre Hand auf die gesunde Schulter.

»Das war bestimmt nur eine Überreaktion. Das hat sicher nichts mit Dir zu tun, denn Du kannst ja nichts dafür. Sie hofft, hier Ruhe zu haben und denkt jetzt vermutlich, Deinesgleichen hätte sie aufgestöbert. Fahr nach Hause, Willi, ich rede mal mit ihr.«

Benedikt breitete in einer Verständnis suchenden Unschuldsgeste seine Arme aus.

»Kann mir denn hier mal jemand erklären, worum es überhaupt geht? Was zum Teufel ist denn mit ihr?«

»Tut mir leid, aber ich habe versprochen, nichts zu sagen. Und Du kennst mich, dann tue ich es auch nicht«, antwortete Wilma und zog mit aufeinander gepressten Zeigefinger und Daumen an ihren Lippen einen imaginären Reißverschluss zu.

6

Zwei Tage später, am Sonntagnachmittag, ging Yvonne bei herrlich warmen Temperaturen und unter einem strahlend blauen Himmel die Landstraße nach Seilersfeld entlang und dann mitten durchs Dorf zur Ludwigstraße. Die Siedlung lag ruhig und friedlich da, eingebettet zwischen summenden und surrenden goldgelben Feldern, an deren Horizonten sich das sommerliche Grün des beginnenden Waldes abhob.

Yvonne suchte das Haus mit der dunkelgrünen Balustrade, das Benedikt ihr beschrieben hatte und in dem er mit seinem Vater lebte. An ihrer rechten Hand trottete Paul neben ihr her. In ihrer linken hielt sie eine Tragetasche, in der sich ein Apfelkuchen befand, den Paul und sie am Vortag gemeinsam frisch gebacken hatten. Vor ihrem Aufbruch dachte sie an die Möglichkeit, während dieses kleinen Fußmarsches auf andere Dorfbewohner zu treffen, und sie hatte sich auch zurecht gelegt, wie sie mit dem Kleinen an der Hand auf Beleidigungen oder Anfeindungen reagieren würde. Aber dazu kam es nicht. Sie begegneten zwar einigen Ehepaaren, die den schönen Tag ebenfalls für einen kleinen Spaziergang in der Sonne nutzten, aber die wechselten einfach rechtzeitig die Straßenseite, wenn sie sie sahen.

Minuten, nachdem Yvonne Benedikt vorgestern im ersten Schreck so unfreundlich aus ihrer Haustür gedrückt hatte, war an ihr Fenster geklopft worden. Es war Wilma. Als Paul im Bett war, saßen die beiden Frauen noch den ganzen Abend zusammen und besprachen die Situation. Wilma konnte Yvonne davon überzeugen, dass das Gerede um sie sicher bald nachlassen würde, wenn sie es einfach konsequent ignorierte, und dass sie außerdem von Benedikt nichts zu befürchten hatte. Die Tatsache, dass er Journalist bei der Passauer Neuen Presse war, sei nur ein Zufall. Er gehöre bestimmt nicht zu jenen, die vielleicht versuchten, sie ausfindig zu machen. Er hatte ihr einfach nur helfen wollen. Dabei nannte sie ihn immer Willi oder Kaiser, wie sie und die anderen es seit jeher gewohnt waren. Sie erklärte Yvonne die Ursache dieser Spitznamen. Wie die Geburt des letzten deutschen Kaisers war jene Benedikts auch eine Steißgeburt, und bei ihr kam es ebenfalls zu Komplikationen, insbesondere da sie nicht in einem Krankenhaus, sondern zu Hause erfolgte. Und da kein Arzt, sondern nur eine Hebamme anwesend war, könne man von Glück reden, so Wilma, dass Mutter und Kind die Prozedur überlebten. Aber sie führte auch zu einer Armplexus-Lähmung wie bei Wilhelm II., so dass auch Benedikts linker Arm verkümmert und daher kleiner blieb. Er hatte jedoch mehr Glück als sein prominenter Leidensgenosse. Während die kaiserliche Behinderung auch noch durch eine stark eingeschränkte Beweglichkeit des Armes geprägt war, konnte Benedikt den seinen fast uneingeschränkt benutzen. Er war halt hauptsächlich nur etwas kürzer als der rechte und seine linke Schulter schmaler.

Yvonne hatte sich die Geschichte aufmerksam angehört, und es tat ihr bald schon leid, dass sie ihn so behandelt hatte. Nicht, weil er behindert war, das hatte sie nicht gestört, sondern weil sich in Wilmas Schilderung immer mehr herauskristallisierte, mit welch starkem und selbstbewussten Charakter Benedikt im Gegenzug ausgestattet war. Vielleicht hatten seine Eltern ihn bewusst und gezielt zu einem stabilen und in sich gefestigten Wesen erzogen, vielleicht haben aber auch die sicher erlittenen Hänseleien in seiner Kindheit und Jugend seine Persönlichkeit gestählt, statt sie zu brechen.

Wie auch immer es gewesen sein mag, Wilma erzählte,

Benedikt sei heute in Seilersfeld zwar ein Außenseiter, allerdings ein durchaus respektierter und insgeheim geschätzter Außenseiter. Man regte sich darüber auf, wenn er auf einer Gemeindeversammlung mal wieder eine andere Meinung vertrat als der mehrheitliche Rest der Anwesenden. Auch stieß es immer wieder auf, dass seine Wortbeiträge oft zynisch oder bissig waren, und sicher gab es nicht wenige, die sich von ihm unangenehm ihre eigene Mut- und Meinungslosigkeit spiegeln ließen. Nichtsdestotrotz kam es nicht nur einmal vor, dass er es schaffte, die Widersprüchlichkeit oder die Sinnlosigkeit eines gemeinschaftlichen Vorhabens überzeugend auseinander zu nehmen, bis mehr und mehr der ehemals vehementen Befürworter einknickten und sich auf seine Seite schlugen. Die Selbstverständlichkeit, mit der dieser Mann mit dem schiefen Erscheinungsbild öffentlich eine abweichende Einzelmeinung zu vertreten wusste, verbunden mit der unerschütterlichen Art dies zu tun und einer entwaffnenden Logik, die andere an die unscharfen und ausgefransten Ränder ihrer eigenen Überzeugung führen konnte, verhinderte, dass Benedikt Marquardt viele Freunde in Seilersfeld hatte oder fest in das Gemeindeleben eingebunden war. Oft erfuhr er relevante Dinge als Letzter. Lediglich mit Peter Kranz und dem Bezirksbeamten Hubert Förster verband ihn so etwas wie eine Freundschaft, die aus den regelmäßigen Treffen zum Schafkopfspielen entstanden war.

Auf der anderen Seite war es nicht selten er, den man, meist unter einem Vorwand, aufsuchte, brauchte man in einer eigenen Angelegenheit eine verlässliche und fundierte fremde Meinung. Das Verhältnis von Seilersfeld zu seinem behinderten Mitbürger war zwiespältig. Während viele insgeheim Benedikts innere Stärke, seine analytischen Fähigkeiten und sein Rückgrat bewunderten, so war er aber auch stets wegen seiner Neigung zu Widerspruch und Eigenbrötlerei ein willkommenes, weil zu verurteilendes Subjekt bei jedem Kaffeeklatsch.

Es schien ihn nicht zu stören.

Yvonne machte das, was sie hörte, auf eine besondere Art neugierig. Sie war fasziniert von dieser ruhigen, gelassenen Art einer persönlichen Unabhängigkeit, von der Wilma berichtete, wenn sie jenen Mann beschrieb, der ihr eben noch gesagt hatte, sie wäre in seinen Augen falsch behandelt worden. Wilma zeichnete mit ihren Worten das Bild eines Mannes, der trotz (oder wegen?) seiner körperlichen Schwäche eine ganz eigene innere Stärke entwickelt hatte. Männliche Stärke hatte sie bisher anders erlebt.

Noch während die Bäuerin von Benedikt erzählte, erschien ihr plötzlich jene männliche Stärke, die sie kannte, nur eine vorgegaukelte zu sein. Eine Maske. Eine laut brüllende Maske aus simpler Brutalität, hinter der sich vielleicht nur Unsicherheit und Angst versteckten, aber eben keine Gelassenheit.

Eine Angst davor, andere könnten die tatsächliche eigene innere Schwäche sehen oder auch das eigene Unvermögen durchschauen, die Komplexität des Lebens erfassen zu können. Vielleicht war es noch nicht einmal die Angst davor, dass andere das sahen, sondern vielmehr die Angst davor, es selbst zu sehen. Die Angst davor, eines Tages im Spiegel nicht mehr jenen Mann zu sehen, als den man sich zu sehen wünschte, sondern nur noch den Wurm, der man tatsächlich war.

Nach Wilmas Schilderung hatte Yvonne das Gefühl, etwas Neues entdeckt zu haben, etwas das zunächst überhaupt nicht in das Bild zu passen schien, das sie sich von der Welt gemacht hatte. Es war diese ruhige, gelassene Unabhängigkeit, die Benedikt offenbar auszeichnete. Das Besondere an dieser Entdeckung war nicht, dass eine starke Persönlichkeit auch mit oder trotz einer gewissen Gelassenheit denkbar war, das Besondere an ihrer Entdeckung war, dass ausgerechnet jene Gelassenheit erst der Grund für persönliche Stärke war. Wahre Stärke war nur vorstellbar durch innere Gelassenheit.

Dieser für sie neue Umkehrschluss, der all ihre bisherigen Erfahrungen auf den Kopf stellte, sollte sie den ganzen nächsten Tag beschäftigen. Wenn Paul am Samstag nicht gerade auf dem Hof unterwegs war, im Heu herumtollte oder mit den jungen Kätzchen spielte, spielten sie Mensch-ärgere-dich-nicht, malten Bilder oder stapelten, auf dem Fußboden liegend, Bauklötze aus Holz zu mächtigen Ritterburgen aufeinander. Aber sie war dabei nicht ganz bei der Sache, so wie sie es sonst war, um ihrem kleinen Sohn jenes geliebte Aufgehobensein zu bieten, das sie nie erfahren hatte.

Auf seine zwischen die Spielfiguren geschobenen Fragen, wann denn endlich die Schule anfinge, ob sie denn nicht auch mal die jungen Kätzchen sehen wolle oder ob und wann Papa käme, reagierte sie oft nur mit Verzögerung.

Entschuldige bitte.

Wenn die Sommerferien vorbei sind, das dauert noch eine Weile. Aber natürlich, wie heißen die Kätzchen denn? Das habe ich Dir doch erklärt. Papa hat uns verlassen, er kommt überhaupt nicht mehr zu uns zurück.

Letzteres schien den Jungen nicht zu beunruhigen. Im Gegenteil. Vielleicht fragte er immer wieder danach, um auch wirklich sicher zu sein. Er verstand nicht, warum sein

Vater gegangen oder wohin er gegangen war. Das hatte ihm seine Mutter nicht erklärt, und danach fragte er auch nie. Er schien ausschließlich hören zu wollen, dass er nicht zurück kam.

In den Momenten dazwischen, oder wenn Paul draußen war, erhob sich für Yvonne hinter den Türmen der Ritterburgen ein klobiges Panorama aus rustikaler, bäuerlicher Bescheidenheit. Ein massives und hohes Buffet, dessen blau angestrichenes Holz an einigen Stellen rissig geworden war und hinter dessen Vitrinentüren noch immer das alte Sonntagsservice geduldig auf Verwendung wartete.

Eine biedere, dunkle Anrichte, deren Türschlösser mit Messing beschlagen waren und in denen scheckige, verfärbte Schlüssel mit verzierten kleeblattförmigen Griffen steckten.

Ein alter, an vielen Stellen abgewetzter Ohrensessel, auf dessen Armlehnen kleine Deckchen die schlimmsten Spuren seiner Jahre bedeckten. Und an der Wand hing die eingerahmte Replik eines Ölgemäldes grasender Pferde.

Alles in allem das über Generationen hinweg vererbte Arrangement eines Lebens, das an Arbeit reich und an Luxus arm gewesen sein durfte. Nichts in diesem Anbau, in dem sie nun lebte, war modern.

Die Betten in ihren hölzernen Kästen nicht, die verbrauchten Möbel nicht, die Teppiche und Läufer mit ihren hell gewordenen Laufpfaden nicht, auch das abgetretene Linoleum in der Küche nicht.

Wasser wurde noch per Hand in die Küche gepumpt. Ein an die Kanalisation angeschlossenes Wasserklosett sowie eine warme Dusche gab es nur im Haupthaus. Beides wurde von den Bewohnern des Anbaus mitbenutzt. Im eigenen Bad stand auf einem eigens dafür aufgeschichteten Podest lediglich eine graue Zinkwanne auf vier geschwungenen

Füßen, und man konnte sich dafür kübelweise Wasser in der Küche erwärmen und nach dem Baden über ein Abflussrohr, das durch die Hauswand nach draußen führte, wieder ablassen.

Yvonne war diese museale Atmosphäre willkommen gewesen, als sie hier ankam. Nicht wegen ihrer antiken Bestandteile, sondern weil das Gesamtbild, das sie von nun an umgab, ihr Gefühl untermauerte, in ein vollkommen neues Leben abzutauchen. Ein stilles, ein natürliches Dasein, genügsam, von der Natur und ihren Jahreszeiten bestimmt, ihnen unterworfen und gleichermaßen an sie angepasst.

Unaufgeregt.

Getragen von einem urtümlich selbstverständlichen Respekt vor Mensch und Tier, vor der notwendigen Arbeit und vor dem Wesen und den Bedürfnissen des eigenen Partners und anderen Familienmitgliedern. Was für sie bisher inmitten dieses möblierten Nachhalls nur ein mehr oder weniger unbestimmtes Gefühl gewesen war, wurde nun durch Wilmas Schilderung eines besonders unabhängigen Menschen auf eine besondere Weise angestachelt, so dass sich eine starke und konkrete Sehnsucht herausschälte. Die Sehnsucht nach einer eigenen natürlichen Selbstverständlichkeit, das Verlangen danach, die eigenen Wünsche, die eigenen Vorstellungen von einem erfüllten, sinnvollen und friedlichen Leben als berechtigt anzuerkennen.

Sich selbst als berechtigt anzuerkennen.

Wilmas Hervorhebung der inneren Unabhängigkeit Benedikts formte in ihr ein Bild, wie alles hätte sein können. Wie sie selbst hätte sein können. Sie verliebte sich in diese Vorstellung, sie war vitalisierend. An diesem Samstag, zwischen all den gewürfelten Sechsen, zwischen den gelben

Buntstiften für die Sonne und den blauen für den Himmel, zwischen den einzelnen Bauabschnitten ritterlicher Gemächer, ließ sie sich immer wieder von diesem Gedanken fort tragen. Sie entschwebte mit ihm in eine Welt, in der Ritter ritterlich waren, in der das eigene, behagliche Heim auf einer grünen Wiese unter blauem Himmel von einer gelben Sonne angestrahlt wurde und in eine Welt, in der die Figuren nicht permanent rausgeschmissen wurden. Und in dieser Welt, in diesen Bildern, tauchte an diesem Samstag immer wieder ein Gesicht auf. Ein freundliches Gesicht mit offenen, ehrlichen Augen. Ein Gesicht, das ruhig und gelassen auf zwei ungleich breiten Schultern ruhte.

Das Leben, das sie bisher immer nur umher geschubst hatte, schien sie diesmal, vielleicht sogar absichtlich, an genau den richtigen Ort geschubst zu haben.

Als Paul sein einstündiges Mittagsschläfchen hielt, lümmelte sich Yvonne in den abgewetzten Ohrensessel und ließ ein Bein über die Armlehne baumeln. Sie erlaubte es sich zu träumen. Sie wurde bald 30 und hatte nicht das Gefühl, eine erwachsene und vollwertige Frau zu sein. Es war ihr nicht gestattet worden, sich so zu fühlen, geschweige denn eine zu werden. In ihrem Ohrensessel gestattete sie es sich nun.

Sie malte sich aus, wie ihr Leben sich entwickelt hätte, wäre Horst nicht so gewesen, wie er war. Wenn er gewesen wäre, wie es anfangs den Anschein hatte. Wenn er gewesen wäre wie ... wie Benedikt Marquardt.

Ihre Gefühle wechselten mit den Bildern, die vor ihrem geistigen Auge entstanden. Bei einem Waldspaziergang fühlte sie sich angenommen. Ihrer Sehnsucht nach Zärtlichkeit ließ sie Leine, wenn sie ihren Kopf auf seine Brust legte und spürte, wie sein Arm sie an sich drückte. Im

Dorfladen genoss sie ihren bisher unbekannten Stolz und ihre neue Benedikt'sche Unabhängigkeit, wenn sie Hilde Kranz zurecht stutzte. Beim ersten Mal wurde sie in ihrer Fantasie noch von diesem - ihrem - Mann begleitet. Als sie es noch einmal versuchte, stand sie schon alleine vor der Kranz.

Und in der Vorstellung, wie sie die Wohnung (es war irgendeine imaginäre Wohnung) schön herrichtete, eine Kerze auf dem Esstisch entzündete und ein besonderes Abendessen zubereitete, über das er sich freuen würde, wenn er von der Arbeit heimkam, tauchte sie ein in die in ihrem Herzen versteckte und ungestillte Sehnsucht zu lieben.

Aber kurz bevor sich sein Schlüssel in der Tür drehte, riss die Filmspule. Während es ihr bei den meisten Bildern ganz leicht im Bauch wurde, fiel ihr jetzt auf, dass sie keine Vorstellung davon hatte, wie es war, der Heimkehr des Mannes nicht mit Angst, sondern mit Vorfreude entgegenzusehen. In seinen Augen Liebe statt Kontrolle zu sehen. Zärtlich in den Arm genommen zu werden, statt den eigenen verdreht zu bekommen. Mit warmen Worten, vermisst worden zu sein, begrüßt zu werden, statt mit vorwurfsvollen und drohenden Fragen.

Sie lenkte sich ab, unternahm erneut einen wunderschönen Waldspaziergang, ging Hand in Hand ins Kino oder bewegte sich aufrecht und erhobenen Hauptes durch die Stadt. Nur das sehnsüchtige und vorfreudige Warten auf seine abendliche Heimkehr wollte ihr nicht gelingen. Zwar fiel ihr auf, dass das Gesicht ihres nach Hause kommenden Mannes stets das lächelnde und freundliche Gesicht Benedikts war, aber immer kurz bevor er sie erreichte und umarmen konnte, schob sich Horsts Gesicht durch Benedikts Wangen, und der Blick aus klaren, offenen Augen wurde flackernd und abgehetzt. Manchmal war Horst sogar mit den gelblichen und seitlich über die Stirn gekämmten Strähnen ihres eigenen Vaters ausgestattet.

Sie gab das Bild auf.

Sie nahm ihr Bein von der Armlehne. Dann setzten unvermeidlich Zweifel ein. Ein innerlich derart unabhängiger Mann, intelligent, gebildet und selbstbewusst, ein Mann wie Benedikt Marquardt, wüsste überhaupt nichts mit ihr anzufangen. Solche Männer würden sich nur mit gleichwertigen Partnerinnen zufrieden geben. Ebenso intelligent, gebildet, unabhängig und selbstbewusst. Frauen, mit denen sie auf Augenhöhe diskutieren, streiten, planen und mit denen sie als starkes Team der Welt begegnen konnten. Sie seufzte. Träume blieben nun einmal Schäume, schimpfte sie mit sich selbst.

Nein, dieser Mann war zwar nett zu ihr gewesen, er hatte ihre Partei ergriffen und war darüber hinaus so höflich gewesen, ihrer Einladung zu folgen, den Kaffee zu probieren, den er ihr mitgebracht hatte. Aber mehr als Höflichkeit konnte sie von ihm nicht erwarten. Würde er sie besser kennen, würde er auf sie herabschauen. Und selbst die Höflichkeit, die er sich ihr gegenüber gestatten konnte, würde Verachtung weichen. Erst recht, wenn er erführe, wer sie wirklich war. Was sie getan hatte.

Außerdem hatten sie ja auch überhaupt keinen Kontakt. Yvonne hatte, außer zu ihren Wirtsleuten, überhaupt keine Kontakte im Dorf, und sie suchte auch keine. Am liebsten blieb sie unsichtbar. Hoffentlich hatte Wilma Recht und das Gerede um sie, die unwillkommene Aufmerksamkeit, die ihr galt, würde sich bald legen. Sie sollten sie einfach in Ruhe lassen. Yvonne stand auf, drehte sich um und betrachtete das Bild grasender Pferde an der Wand. Es hatte ihr schon oft in den vergangenen Wochen Ruhe und Trost gespendet. Vor schneebedeckten Bergen grasten zwei rotbraune Araber. Eine Stute und ein Hengst. Während die Stute graste, legte der Hengst seinen Kopf an ihre Flanke.

Gab es eine Chance, sich wiederzusehen, sich noch einmal zu begegnen? Sie würde gerne mit ihm reden, hätte tausend Fragen. Sie dachte an die zärtliche Wärme, die von seinen Händen ausging, als er mit ihnen die ihren bedeckte. Ihr fiel auch sein erschrockener Blick wieder ein, als sie ihn aus der Tür hinaus geschoben hatte. Und dann kam ihr eine Idee, die all ihren Mut erforderte. Als die Stunde verstrichen war, weckte sie ihren Sohn mit den Worten »Komm, wir backen einen Kuchen. Wir wollen morgen jemanden besuchen.«

Sie hatten das Haus gefunden.

Seine Fassade war gelb gestrichen, wie die der meisten Häuser in Seilersfeld. Das zweite Stockwerk verfügte über einen begehbaren Umlauf, der von einer dunkelgrün gestrichenen Balustrade aus kegelförmigen Steinstreben eingefasst war. Vor den Fenstern mit ihren offenen Läden hingen Blumenkästen mit Blüten in allen Farben des Regenbogens. Zur Eingangstür führten zwei Treppenstufen. Yvonne und Paul standen auf dem oberen Absatz. Es war jener Moment, der sich in ihrem Kopf in den letzten 24 Stunden immer wiederholt hatte. Sie musste klingeln.

»Wen besuchen wir?«, hatte Paul gefragt, als er endgültig wach geworden war.

»Einen netten Mann, der mir geholfen hat, ein paar Einkäufe nach Hause zu fahren. So musste ich nicht zu Fuß gehen. Ich möchte mich gerne bei ihm bedanken, und deswegen backen wir jetzt zusammen einen leckeren

Apfelkuchen für ihn. Du bekommst natürlich auch ein Stück davon ab.«

Sie klingelte.

Dann dauerte es eine Weile, eine schier unendliche Weile, wie ihr schien, bis die Tür geöffnet wurde. Vor ihnen stand ein grauhaariger Mann, den sie auf Mitte oder Ende Sechzig schätzte. Sie erkannte sofort die Ähnlichkeit mit Benedikt. Es musste sein Vater sein. Die gleichen freundlichen Augen und das gleiche, trotz der Falten etwas jugendlich wirkende Gesicht.

Er allerdings brauchte einen Moment, um zu erfassen, dass vor ihm jene schöne Fremde stehen musste, von der ihm sein Sohn berichtet hatte. Beni hatte wahrlich nicht übertrieben. Und dann, mit der gleichen Selbstverständlichkeit, die seinem Sohn zu eigen war, drückte er einfach aus, was er dachte, bevor Yvonne überhaupt dazu kam, sich und den Grund ihres Kommens vorzustellen.

»Sie sind noch schöner, als der Beni Sie beschrieben hat, wenn Sie mir diese Bemerkung erlauben.«

Yvonne wusste nicht, was sie erwidern sollte, so überrascht war sie. Einerseits, weil der ältere Herr sofort gewusst hatte, wer sie war, andererseits über seine Direktheit und hinter all dem, in ihrem Inneren, darüber, dass Benedikt von ihr erzählt hatte.

Dass sie schön sei.

Noch bevor sie reagieren konnte, öffnete Benedikts Vater die Tür vollends, wies mit seinem ausgestreckten Arm in die Diele und forderte sie auf, herein zu kommen. Die schmale Diele war dunkler als man erwarten würde. Sie folgten Benedikts Vater in die dahinter gelegene Wohnstube. Auf dem Weg dorthin rief er eine Treppe hinauf, dass Besuch da sei. Die Wohnstube dagegen war geräumig und hell. Eine Ecke wurde von einem Sofa und zwei Sesseln beherrscht, die einen niedrigen Nierentisch einrahmten, und in der anderen Ecke stand ein Esstisch vor einer Eckbank, und davor standen zwei dazu passende Stühle. Ihre Rückenlehnen waren verziert und hatten ein ausgespartes Herz in der Mitte. Auf Bank und Stühlen lagen gemusterte Sitzkissen.

»Frau Schmidt? Das ist ja eine Überraschung.«

Yvonne und Paul drehten sich um.

Und obwohl Yvonne ihren Sohn auf Benedikts Aussehen vorbereitet hatte, starrte dieser ebenso verwirrt wie unverwandt auf dessen kürzeren linken Arm und verdrückte sich halb hinter Mamas Rücken.

Benedikt hatte es bemerkt.

Er ging in die Hocke, lächelte Paul an und sagte:

»Sieht komisch aus, nicht wahr?«

»Was ist mit dem Arm?«, kam es prompt zurück.

»Nichts Besonderes. Er ist etwas kürzer als der andere. Ich bin so geboren worden. Es ist nichts Schlimmes.«

»Tut es weh?«

»Nein.«

Benedikt sah dem Jungen unvermindert in die Augen, die ihrerseits nicht recht wussten, wohin sie schauen sollten.

»Bist Du Rechtshänder oder Linkshänder?«, fragte Benedikt.

»Ich weiß nicht.«

»Mit welcher Hand hältst Du den Buntstift, wenn Du ein Bild malst? Mit der rechten oder der linken?«

»Mit der hier«, sagte Paul und hielt seine linke hoch.

Benedikt streckte ihm seine eigene linke Hand entgegen und sagte: »Guten Tag, junger Mann. Ich bin der Benedikt, aber Du kannst Beni zu mir sagen.«

Paul nahm die Hand und schüttelte sie übertrieben heftig, wie es Erwachsene in seinen Augen manchmal taten. Dann drückte Benedikt mit seiner Hand etwas fester zu und sagte herausfordernd:

»Kräftig zudrücken, Bursche. Zeig mir, wie stark Du bist. Komm, fester. Das ist doch wohl nicht alles, oder?«

Paul drückte Benedikts Hand, so fest er konnte.

»Gut so! Du bist ja doch ganz schön stark.«

Paul sah stolz zu seiner Mutter hoch und strahlte über das ganze Gesicht.

»Siehst Du?«, sagte Benedikt, »Es tut mir nicht weh. Es ist alles in Ordnung, brauchst keine Angst davor zu haben.«

Dann richtete er sich wieder auf und sah Yvonne in die Augen. »Was verschafft uns denn diese Ehre?«

Yvonne holte die Platte mit dem Apfelkuchen aus der Tragetasche. Er war mit zwei sauberen Tüchern abgedeckt, die sie nun entfernte.

»Ich habe Ihnen am Freitag Unrecht getan, und ich bin gekommen, mich zu entschuldigen.«

»Das trifft sich gut«, sagte Benedikts Vater. »Ich wollte ohnehin gerade einen Kaffee aufgießen.« Er deckte den Esstisch mit Kuchentellern, Gabeln und Kaffeetassen, die er aus einem Schrankfach holte. Für Paul stellte er ein Glas für Limonade oder Apfelsaft hinzu. Yvonne stellte die Kuchenplatte auf den Tisch und setzte sich mit Paul auf die Bank, damit er nicht mit seinem Stuhl kippeln konnte. Benedikt nahm auf einem Stuhl Platz, und während sein Vater in der Küche den Kaffee machte, entschuldigte sich Yvonne dann für den harschen Rausschmiss am Freitagabend.

»Eigentlich würde ich Sie jetzt logischerweise fragen, warum Sie sich vor Reportern verstecken, aber ich habe das

Gefühl, dass Sie nicht darüber reden wollen«, erwiderte er. Yvonne schüttelte nur den Kopf.

Dann kam sein Vater mit einem Kuchenmesser, das er Yvonne übergab, damit sie ihren Kuchen damit schneiden konnte.

»Wir haben nicht oft Besuch hier, wissen Sie?«, sagte er und holte dann den Kaffee aus der Küche sowie eine Schüssel, in der er frische Sahne geschlagen hatte, während das Wasser für den Kaffee kochte.

Dem Kuchen fehlte es an Süße.

Yvonne hatte zu wenig Zucker genommen. Ohne die saftigen Apfelstücke und die Sahne wäre er eindeutig zu mehlig gewesen. Sie sagte es bedauernd, aber die Männer betonten, er schmecke sehr gut, bis Paul seinen Teller von sich schob und aussprach, was alle wussten:

»Der schmeckt nicht.«

Zuerst gab es einen kurzen Moment allgemeiner Verlegenheit, aber dann fing Yvonne an zu lachen. Die beiden Männer lachten auch, und dann fiel auch Paul in das Gelächter ein und wiederholte dabei immer wieder »Der schmeckt nicht. Der schmeckt nicht«, weil es offenbar der Grund für die plötzliche Heiterkeit gewesen war. Als sie sich wieder beruhigt hatten, fragte Benedikts Vater: »Wo kommen Sie her, und was hat Sie ausgerechnet nach Seilersfeld verschlagen?« Benedikt sah zuerst Yvonne und dann seinen Vater an.

»Dieselbe Frage hatte ich ihr auch schon gestellt. Das hat dazu geführt, dass die Kaffeetafel abgeräumt wurde. Das möchte sie wohl lieber für sich behalten.«

»So etwas soll es geben, nicht wahr, mein Sohn?«

Er legte seine Hand auf Yvonnes Unterarm.

»Er will immer von mir wissen, wie es im Krieg war. Was

ich erlebt oder getan habe. Da haben wir wohl etwas gemeinsam, Fräulein. Das werde ich doch auch keinem Reporter auf die Nase binden, oder?«

Er nannte sie Fräulein, obwohl sie als Mutter formell keines mehr war. Benedikt verdrehte die Augen.

»Manchmal wäre es besser, über schlimme Dinge zu sprechen, um sie loszulassen, statt sie in sich hinein zu fressen«, sagte er.

»Sagen Sie es ihm«, forderte der Alte Yvonne auf.

Die sah von einem zum anderen und richtete dann ihren Blick in eine imaginäre Ferne. Sie drückte Paul an sich, und ihre Worte klangen, als spräche sie mehr mit sich selbst.

»Es klingt so schön. Dinge loslassen. Aber was macht man, wenn die Dinge es sind, die Dich nicht loslassen?«

»Kommt Dir das nicht bekannt vor?«, fragte der Vater seinen Sohn. Gereizt gab dieser zurück: »Lass das sein. Fang nicht damit an.« Yvonne fragte: »Können wir vielleicht das Thema wechseln?« Benedikt stand auf und verschwand in die Diele. Es war zu hören, wie er die Treppe ins obere Stockwerk hinauf ging. Yvonne wendete sich an seinen Vater.

»Ihr Sohn hat erzählt, Sie seien pensioniert?«

»Ja, seit ein paar Jahren. Ich war Referent in der Kreisverwaltung. Was machen Sie?«

In dem Moment kam Benedikt wieder. Er brachte eine kleine Schirmmütze mit. Als er näher kam, erkannte Yvonne, dass es sich um eine kleine Schaffnermütze handelte. Benedikt trat an Paul heran und setzte ihm die Mütze auf den Kopf. Dann nahm er seinen Arm und zog Paul von der Bank.

»Komm, ich zeige Dir was Tolles. Das wird Dir gefallen. Ganz bestimmt«, und diesmal verließ er mit Paul an der Hand erneut das Zimmer. Yvonne räumte zusammen mit

Benedikts Vater den Tisch ab. Sie brachten das Geschirr in die Küche, und der ehemalige Referent ließ sofort heißes Wasser in das Spülbecken. Sie teilten sich die Arbeit. Er spülte, sie trocknete ab. Das Gespräch, das sie dabei führten, blieb unverfänglich. Er wollte wissen, ob Paul am nächsten Tag wieder in die Schule musste. Sie verneinte und erklärte, dass Paul die letzten Wochen vor den Ferien nicht mehr mitzumachen brauchte. Er sei von ihr gerade erst eingeschult worden, obwohl er schon sieben war. Er würde mit der ersten Klasse erst nach den Ferien beginnen.

Als sie fertig waren, begaben sie sich zurück ins Wohnzimmer. Benedikt und Paul waren noch nicht zurück. Yvonne wollte wissen, wo sie wohl waren. Daraufhin führte Benedikts Vater sie eine steile Kellertreppe hinunter, und sie betraten einen großen trockenen Kellerraum. Als Paul sie bemerkte, rief er aufgeregt: »Mama! Mama! Schau mal!«

An einer Wand war eine große und dicke Holzplatte befestigt, und darauf erblickte sie die umfangreiche Landschaft einer Märklin Modelleisenbahn. Eine Dampflok mit vier langen grünen Personenwagen tauchte ratternd aus einem Gebirgstunnel auf und schwenkte in eine lange Linkskurve. Am Rand der Platte fuhr ein moderner Schnellzug immer wieder um alles andere herum, und durch die Mitte schlängelte sich ein kleiner Güterzug und passierte den Bahnhof eines kleinen Städtchens. Kleine Plastikautos und Frauen mit Kinderwagen und Männer mit Mänteln und Aktenkoffern bevölkerten die Straßen. An einer Kreuzung sicherte ein Polizeiauto mit tatsächlich blinkendem Blaulicht einen Verkehrsunfall ab. So etwas hatte Paul noch nie gesehen. Ihm waren Begeisterung und Faszination anzusehen. Immer wieder rückte er sich die Schaffnermütze zurecht, und als die Dampflok mit den grünen

Personenwagen sich dem Bahnhof von der anderen Seite näherte, hielt er eine Kelle mit ihrer roten Seite in die Luft, worauf Benedikt an einem Drehknopf die Fahrt des Zuges verlangsamte, bis er am Bahnsteig zum Stehen kam. Yvonne hörte ihren Sohn immer wieder rufen: »Alles aussteigen. Alles aussteigen. Ihre Fahrkarten bitte«, während sie Benedikt betrachtete.

Sie versuchte, ihn sich als Kind vorzustellen, wie er stundenlang mit dieser Bahn spielte und dabei seine Welt vergaß. Dann aber fiel ihr auf, dass die Bahn dafür viel zu neu aussah. Sie konnte unmöglich 30 Jahre alt sein. Sein Vater schien ihre Gedanken zu lesen.

»Es ist meine. Ich habe sie nach der Pensionierung gekauft. Sie ist meine Leidenschaft«, sagte er mit seinem jungenhaften Lächeln.

»Darf ich sie wieder anfahren lassen? Bitte!«, wurde Benedikt von dem kleinen und eifrigen Schaffner gefragt. Sein Vater trat an die Platte heran und schob Benedikt zur Seite. »Ich zeige unserem neuen Zugkapitän, wie alles funktioniert. Wir werden ein paar schöne Züge fahren lassen. Und ihr könnt bei dem schönen Wetter ja einen Spaziergang machen, oder?«

Er zwinkerte Yvonne zu.

»Au ja, au ja!«, rief Paul. Die beiden Angesprochenen sahen sich an und nickten einander fast gleichzeitig zu.

Sie fuhren mit dem Käfer ein paar Kilometer aus dem Dorf hinaus, dorthin wo im Osten der Wald begann. Auf einen Spaziergang im Dorf hatte keiner von ihnen Lust. Benedikt steuerte den Wagen von der Landstraße in einen Feldweg, der in den Wald hinein führte und ließ ihn einfach dort stehen.

Eine ganze Weile gingen sie schweigend nebeneinander her, bis sie einen kleinen Bachlauf erreichten, der sie von nun an leise plätschernd begleitete. Dann kamen sie an eine Stelle, an der ein zweiter Bach den Weg schnitt, auf dem sie gingen, um dann in den ersten zu münden. Er war recht breit. Jemand hatte zwei schmale Bretter darüber gelegt, damit man ihn überqueren konnte. Es war jedoch eine wackelige Angelegenheit, es zu tun. Deshalb hielten sie sich an den Händen, als sie vorsichtig nebeneinander über die beiden Bretter balancierten. Yvonne hätte sich insgeheim gewünscht, seine Hand auch weiterhin zu halten, aber natürlich ließ er ihre los, als sie auf der anderen Seite angelangt waren. Seit ihrer Ankunft im Wald hatten sie kein Wort miteinander gewechselt. Die Blätter der Bäume wurden von keinem Lüftchen bewegt und blieben so ebenfalls still. Es gab ein gelegentliches Summen in der Luft und hier und da ein kurzes Rascheln im Unterholz, aber ansonsten waren nur ihre Schritte und das Wasser des Bachs zu hören, wenn es auf seinem kurvenreichen Weg gegen Steine oder Wurzeln plätscherte. Die Luft roch nach Harz und Moos.

Yvonne beschäftigte eine Bemerkung, die Benedikts Vater beim Kaffeetrinken hat fallen lassen. Dass Benedikt das Gefühl kennen müsse, wenn es etwas gab, das einen nicht losließe. Ihr kam es so vor, als ob es neben den Kriegserlebnissen des Vaters noch etwas anderes gab, was zwischen den beiden stand und unausgesprochen blieb. Trotz der alltäglichen Harmonie, die ansonsten zwischen Vater und Sohn zu herrschen schien.

Der Weg beschrieb eine Linkskurve und führte über eine hölzerne Brücke, die den Bach überquerte. Sie bestand aus groben Bohlen und verfügte über ein Geländer an beiden Seiten. In der Mitte der Brücke ergriff Yvonne Benedikts Arm und zog ihn an das rechte Geländer.

»Lassen Sie uns doch ein wenig hier bleiben«, sagte sie, stützte ihre Ellenbogen auf das Geländer und schaute dem unter ihr ruhig dahinfließenden Wasser hinterher. Benedikt nahm neben ihr die gleiche Position ein und tat es ihr gleich. Dann, nach einer Weile, brach er das Schweigen.

»Ich weiß nicht, wie das gehen soll«, sagte er ganz ruhig. »Die Situation könnte schöner nicht sein, um sich gegenseitig besser kennenzulernen. Ich jedenfalls würde Sie gerne näher kennenlernen, aber …«

»Ich auch«, sagte Yvonne sofort, so als hätte jemand mit einem Nadelstich dafür gesorgt, den inneren Druck ablassen zu können.

Dann beendete er seinen Satz:

»... aber es wird schwierig, wenn Sie zu allem schweigen, was mit Ihnen zu tun hat. Wenn wir nicht reden können.«

Sie sahen sich in die Augen, und Yvonne hielt den Blick aufrecht, obwohl ihre unteren Augenlider anfingen zu flattern und sich bald darauf mit Tränen füllten. Sie wusste aus ihrem Dilemma keinen Ausweg. Sie wollte diesen Mann gerne kennenlernen, sie wollte, dass er sie mochte, dass er bei ihr war, sie hielt, ihr ein wenig von der Kraft und der Sicherheit gab, die von ihm ausging, und sie träumte davon, dass er sie vielleicht sogar eines Tages lieben könnte. Bliebe sie hinter ihrer Mauer der selbstgewählten Anonymität, würde sie diese Chance verlieren. Wenn sie sich stattdessen öffnete, erführe er, wer sie wirklich war und was sie getan hatte. Dann würde er sie verachten, und sie verlöre ihn auch. Darüber hinaus würde sie dann auch aus Seilersfeld verschwinden müssen, und sie wusste nicht wohin. Die Beziehungen ihres Bruders zu den Holzgärtners waren schon ein Glücksfall gewesen.

Sie fühlte sich schrecklich hilflos.

Die einzigen beiden Alternativen, die sie hatte, Schweigen oder Reden, verboten sich beide.

Was sollte sie nur tun?

Ihre flackernden Lider konnten das ansteigende Wasser ihrer Tränen nicht mehr halten. Sie rannen ihr in dicken und wegen der Wimperntusche dunklen Streifen die Wangen hinunter.

Yvonne schluchzte nicht, sie weinte still.

Dabei blickte sie Benedikt weiterhin an, auch wenn sie ihn nur noch verschwommen wahrnehmen konnte, als erwarte sie aus seiner Richtung die Rettung aus ihrer Ausweglosigkeit.

Da war ein gewaltiges Maß an Verzweiflung, Trauer und Angst in ihrem Blick, und Benedikt konnte nicht mehr auseinander halten, ob es mehr von diesem oder mehr von jenem war. Er trat auf sie zu und nahm sie in den Arm. Dabei drückte er ihren Kopf gegen seine Brust und streichelte ihr immer wieder tröstend durchs Haar. Mit seinem schwachen Arm versuchte er, sie zu halten, denn er spürte, dass ihre Beine kraftlos wurden. Was um Himmels willen hatte dieses arme Ding erlebt? Jetzt fing Yvonne an zu schluchzen. Während ihre Tränen noch Ausdruck stiller Verzweiflung gewesen waren, wurde sie nun von einem wohligen und tröstlichen Gefühl durchflutet, ein Hoffnungsfunke, der vom Gehalten- und Gestreicheltwerden entzündet wurde. Benedikt glaubte zu hören, dass Yvonne sich beim Schluchzen immer wieder an den Worten: »Ich kann nicht, ich kann nicht« verschluckte. Er nahm ihren Kopf in seine Hände und hob ihn an. Sie sahen sich erneut in die Augen, und Yvonne verschluckte ein letztes, leises »Ich kann nicht».

Dann küssten sie sich.

Zunächst vorsichtig und tastend, dann plötzlich leidenschaftlich wild und zuletzt zärtlich erkundend. Keiner von ihnen hat später noch sagen können, wie lange es gedauert hatte, bis sie sich wieder voneinander lösten und den Rückweg antraten. Diesmal aber gingen sie nun Hand in Hand, jedoch ebenso schweigsam und still wie auf dem Hinweg. Nur bei den wackeligen Brettern, auf denen sie den zweiten Bach überquerten, sagte Benedikt einmal, dass es ihm egal sei, was sie erlebt oder getan habe. Sie müsse es nicht preisgeben.

Dann fügte er hinzu: »Von mir aus gibt es keine Vergangenheit, solange es für uns eine Zukunft gibt.«

Der Rest war Schweigen.

7

Die nächsten beiden Tage waren für Yvonne ein Wannenbad himmlischer Herrlichkeit. Zwar vermisste sie Benedikt, der ihr gesagt hatte, dass er Montag und Dienstag beruflich unterwegs sei, aber er hatte auch angekündigt, sich Mittwoch freizunehmen, damit sie den ganzen Tag miteinander verbringen konnten. Sie fühlte sich so voller Energie, dass sie sie in jede Arbeit steckte, die ihr in die Finger kam. Sie wusch Wäsche, räumte die Wohnung auf, kehrte und wischte Staub. Wenn sie Paul in Wilmas Küche begleitete, wo er die jungen Kätzchen streicheln wollte, half sie sogar ihrer Vermieterin zu spülen oder den Ofen blitzblank zu scheuern. Alles Tätigkeiten, die Muße für Träumereien versprachen. Und als sie in Wilmas Küche die Montagsausgabe der Passauer Neuen Presse erspähte, fand sie damit auch gleich einen Grund, am nächsten Tag wiederzukommen.

Sie setzte sich an den Tisch und blätterte begierig durch die Seiten auf der Suche nach Artikeln, die Benedikt verfasst hatte. Montag war nichts von ihm drin, weil er ein freies Wochenende gehabt hatte. Wilma brachte ihr die Samstagsausgabe, die sie noch nicht weggeworfen hatte. In ihr fand Yvonne gleich zwei Artikel von Benedikt. Ein Interview mit einem berühmten Schauspieler und einen Bericht über die Eröffnung eines großen Warenhauses am Stadtrand von Passau. In ihm ließ Benedikt auch Kunden sowie Geschäftsleute aus der Innenstadt zu Wort kommen. Man war sich nicht einig, ob dieses Konzept aufgehen würde. Das Kaufhaus hatte zwar einen großen Parkplatz angelegt, konnte sich aber nicht auf Laufkundschaft verlassen, so weit weg vom Schuss. Einige lachten über diesen törichten Versuch, aber Benedikt ließ zwischen den Zeilen durchblicken, dass er mittelfristig einen massiven Umsatzrückgang in den Innenstädten befürchtete, sollte dieser törichte Versuch Schule machen.

Am nächsten Morgen fand sie einen Bericht über den ersten Prozesstag des korrupten Nürnberger Baudezernenten. Das muss sein Termin am Vortag gewesen sein. In Nürnberg. Das hieß, er war wirklich den ganzen Tag unterwegs, vermutlich musste er sogar in Nürnberg übernachten. Ob er heute, Dienstag, auch den zweiten Prozesstag begleiten und morgen über das Urteil berichten wird?

Yvonne hatte Wilma erzählt, was sie Sonntag getan hatte und wie der Tag verlaufen war. Sie hatte ihre Liebe zu Benedikt gebeichtet und auch die Tatsache, dass sie von ihm offenbar erwidert wurde. Zu groß war der Druck, ihr Glück kundzutun und zu teilen. Die Bäuerin umarmte sie und drückte sie fest an sich. Immer wieder beteuerte sie, wie schön sie das fände, und dass sie beide dieses Glück verdient hätten.

Yvonne durfte Benedikts Artikel mitnehmen, nachdem Gustl seine Zeitung ausgelesen hatte. Sie las sie immer wieder, um ihm auf diese Weise nahe zu sein. Sie strich mit dem Zeigefinger über die Zeilen, während Yvonne sie las und stellte sich vor, bei den beschriebenen Ereignissen mit dabei gewesen zu sein. Sie flüsterte sich die Fragen vor, die Benedikt dem Schauspieler gestellt hatte und sah die beiden dabei in zwei Sesseln sitzen, einander zugewandt, das eigene Kinn reibend oder mit dem Zeigefinger eine Frage oder eine Antwort unterstreichend. Er war an diesen beiden Tagen ständig bei ihr. Der Gedanke an ihn war morgens der erste, wenn sie erwachte und abends der letzte, wenn sie einschlief.

Er war da, wenn sie arbeitete, wenn sie mit Paul spielte und ganz besonders, wenn sie einfach nur ruhig auf einer der Bänke im Innenhof saß und dort dem bäuerlichen Treiben zusah. Sie hatte das Gefühl, alles sei schon immer vorherbestimmt gewesen. Alles, was ihr widerfahren war, sollte ihr nur widerfahren, damit das Leben sie hierher trieb. An seine Seite.

Und alle Frauen, mit denen Benedikt möglicherweise einmal befreundet gewesen sein sollte, hätten ihn gehen lassen. Hätten gespürt, dass er einer anderen gehört.

Ihr.

Sie genoss es, bei allem was sie tat, sich bestimmte Einzelheiten immer wieder ins Gedächtnis zu rufen. Die blau-weiß gemusterten Kaffeetassen, die verzierten Stuhllehnen mit den ausgesparten Herzen, die Holztreppe in der Diele, die in seine Welt hinauf führte, die schmalen Bretter, über die sie Hand in Hand balancierten, sein liebevoll besorgtes Gesicht, verschwommen hinter einer Wand aus Tränen.

Die Küsse.

Alles blieb bei ihr. Nichts verblasste, so klein und unbedeutend ein bestimmter Gegenstand im großen, die ganze Welt umspannenden Zusammenhang des Glücks auch gewesen sein mochte. Alles hatte seinen Platz, und das Große und Ganze war nicht vorstellbar, ohne dass eine bestimmte Kleinigkeit dazu gehörte. Sie nahm all diese Kleinigkeiten mit sich, wohin sie auch ging, was auch immer sie tat. Es war, als veränderten sie ihren Gang, ihren Blick, ihre Stimme, ihr Lächeln. Und dazwischen hörte sie immer wieder seine Stimme.

Solange es eine Zukunft für uns gibt.

Ja.

Fast hätte sie es an diesen beiden Tagen des Wartens, des Träumens und der ständig wieder von vorne beginnenden Erinnerungen geschafft, zum ersten Mal ihre Angst und ihre Schuld zu vergessen. Aber der Gedanke an Zukunft wurde auch begleitet von Angst. Die Angst davor, ihn wieder zu verlieren, wenn er hinter ihr Geheimnis käme. Die Angst davor, ausgerechnet von ihrer großen Liebe verachtet und verstoßen zu werden. Die Angst vor dem Aufwand, der nötig sein würde, ihre Beziehung und ihre Liebe vor seiner Neugierde zu beschützen, sie permanent mit Schweigen und Lügen zu beschweren.

Seilersfeld war ein kleines und ruhiges Nest. Ein friedliches und harmonisches Fleckchen Erde, das sich behaglich eingerichtet hat in einem Zeitloch, in dem der Übergang von Sonne zu Regen oder der Wechsel der Jahreszeiten die größten Veränderungen darstellten, die man sich wahrzunehmen gestattete.

Jeder kannte jeden, jeder duzte jeden, man kannte jede Geschichte und jedes Verwandtschaftsverhältnis. Fast alle im Dorf, bis auf die ganz alten, waren vom jetzigen Pfarrer getauft worden. Der täglich immer gleiche Anblick der Milchflaschen vor den Türen, der schwarzen Kohlehaufen in den Kellern oder der aufgeschichteten Holzscheite neben den Häusern, je nachdem womit der Ofen geheizt wurde, das vertraute Getrappel des alten, von zwei Gäulen gezogenen Fuhrwerks auf dem Kopfsteinpflaster und der Geruch von Weizen, von Apfelbäumen oder des sonntäglichen Weihrauchs versprachen eine bleibende Verlässlichkeit des Daseins, das noch weit entfernt war von autofahrenden Frauen, von fernsehguckenden Kindern oder von Studenten, die diese funktionierende Gesellschaft infrage stellten, ohne bisher etwas für sie geleistet zu haben. Das Leben hielt sich an seiner eigenen Unveränderlichkeit fest, und so konnte die hysterische Aufregung nicht verwundern, die am Dienstagabend am Abendbrottisch von Mechthild Hofreiter ihren Ursprung nahm und sich dann stechenden Schrittes wie eine ansteckende Epidemie rasend schnell von Tür zu Tür, von Haus zu Haus, von Familie zu Familie ausbreitete und sich letztendlich in Form mehrerer Dutzend Männer und Frauen, Väter und Mütter in Begleitung ihrer mehr oder weniger verstörten Söhne und Töchter, als Pulk vor dem Haus des Bürgermeisters versammelte und sich, empört durcheinander schimpfend und schnatternd, entlud.

Natürlich wollte Sepp Hirschlsberger, der Bürgermeister, den Grund für diesen Auflauf wissen, und zunächst hatte er Mühe, sich aus den Botschaften, die gleichzeitig aus vielen Mündern auf ihn einprasselten, ein schlüssiges, ein zusammenhängendes Bild zu formen. Aber es gelang.

Marie Hofreiter, die fünfzehnjährige Tochter von Mechthild und Friedrich Hofreiter, hatte ihren Eltern beim Abendessen erzählt, dass ein ganz besonderes Ereignis auf dem Schulhof und in den Klassenzimmern die Runde machte. Der Holzgärtner Michl hatte vor anderen Burschen damit geprahlt, er habe diese Schmidt, die in dem Anbau auf seinem Hof lebte, splitterfasernackt gesehen - natürlich nur zufällig, als er in der Scheune zu tun hatte und durch einen Spalt in der Wand geschaut habe, weil er ein fremdes Auto hatte auf den Hof fahren hören. Es sei ein Herr gewesen, der mit der Schmidt nach hinten ins Haus verschwunden war. Und später hätte der Mann ihr in der Stube Geld zugesteckt. Dabei sei er nur in Unterhose und die Schmidt völlig nackt gewesen. Angewidert hatte Marie hinzugefügt, der Michl habe bei der Schmidt wirklich alles sehen können, sogar die

Haare da unten, und er habe bei den anderen Burschen Geld eintreiben wollen, wenn er sie auch einmal in die Scheune ließe.

In diesem Durcheinander vor dem Haus des Bürgermeisters erzählten die anderen Jugendlichen, die auf die gleiche Schule in der Kreisstadt gingen, unterschiedliche Versionen dieser Geschichte. Einige hatten gehört, die Schmidt sei nur oben ohne gewesen, andere wollten gehört haben, sie sei nicht nackt gewesen, sondern habe Spitzenunterwäsche getragen, wiederum andere wollten wissen, dass die Schmidt mit dem fremden Mann sogar in der Stube rumgemacht habe.

Die Burschen, denen eine engere Beziehung zum Holzgärtner Michl nachgesagt wurde, wie zum Beispiel Berni Kranz, bestanden jedoch darauf, dass die Schmidt nicht nackt gewesen sei, sondern einen Morgenmantel oder so etwas getragen habe und nur der weiße Träger des Büstenhalters zu sehen gewesen sei. Ferner habe sie nicht mit dem Mann rumgemacht, aber dass er ihr am Ende Geld gegeben habe, das stimme.

Es war in dieser Phase nicht auszumachen, ob der Holzgärtner Michl bei seinem Versuch, Eintrittsgelder für die Scheune zu sammeln, die Schilderung seiner Beobachtung von Anfang an ausschmückte und übertrieb, oder ob Yvonne Schmidt erst bei der anschließenden stillen Post auf dem Schulhof mehr und mehr Kleidungsstücke verlor. Einigkeit herrschte jedoch bei den befragten Jugendlichen darüber, der Bauerssohn selbst habe erzählt, die Frau aus der Scheune heraus beobachtet zu haben, und dass sie dabei nichts oder fast nichts anhatte und von einem fremden Mann Geld bekommen habe. Mechthild Hofreiter fasste für alle ein sie befriedigendes Fazit zusammen. Es sei nicht von Belang, ob die Schmidt nun tatsächlich nackt oder nur halbnackt gewesen sei. Selbst in den züchtigsten Schilderungen sei es immerhin nicht mehr als ein Morgenmantel gewesen. Wichtig sei, dass sich alle Versionen der Geschichte, die wildesten, aber auch die harmloseren, auf einige immer wiederkehrende und identische Details reduzieren lassen, und alleine die sprächen doch wohl eine eindeutige Sprache.

Jetzt müsse endlich gehandelt werden.

Der Pulk mit dem Bürgermeister an der Spitze marschierte zum Haus der Grubers. Der alte Gruber, seines Zeichens Amtsrichter in der Kreisstadt, hörte sich geduldig die Geschichte an, die ihm der Bürgermeister besorgt schilderte und erwiderte dann, es handele sich eindeutig um gewerbsmäßige Unzucht, die in Seilersfeld auf keinen Fall zu dulden sei. Auf die Frage, was man nun tun könne, verschwand er in seinem Haus und kehrte kurz darauf mit einem Gesetzbuch zurück. Er blätterte darin, bis er fand, wonach er gesucht hatte.

Mit fünfhundert Mark Geldstrafe oder einer Freiheitsstrafe wird bestraft, wer gewohnheitsmäßig zum Erwerbe Unzucht treibt in einer Wohnung, in der Kinder zwischen drei und achtzehn Jahren wohnen, verkündete er in einem amtlichen Tonfall.

Diesem Treiben könne noch am nächsten Tag ein Ende bereitet werden, erläuterte er der erleichterten Menge vor seinem Haus. Er wandte sich an einen der Väter, von dem er wusste, dass dessen Bruder beim Jugendamt in der Kreisstadt arbeitete. Er wies ihn an, am nächsten Tag vom Büro des Bürgermeisters aus seinen Bruder im Jugendamt anzurufen und ihm den Sachverhalt zu schildern. Dieser solle dem Gericht dann einen Eilantrag auf Heimunterbringung für den kleinen Paul überstellen. Er werde diesem Antrag noch morgen stattgeben und ihn mit einem vorläufigen Haftbefehl für Yvonne Schmidt ergänzen. Diese bliebe dann erst einmal in Haft, bis ihr im anschließenden Prozess das Sorgerecht für Paul entzogen und auf das Jugendamt übertragen worden sei. Für sie selbst sei danach an eine Unterbringung in einer Anstalt für gefallene Mädchen und Frauen zu denken, aber das könne er im Moment noch nicht so genau sagen.

Auf jeden Fall aber könne das Jugendamt noch morgen Nachmittag, spätestens am Donnerstag Vormittag in Begleitung eines Streifenwagens auf den Holzgärtnerhof fahren und den Jungen und seine verwahrloste Mutter abholen. Damit hätte sich der unglückselige Fall für Seilersfeld erledigt.

Fast jedenfalls, fügte er etwas trauriger hinzu.

Denn die Bauern müssten zwangsläufig mit einer Anzeige wegen Kuppelei rechnen, das könne man wegen des Strafverfolgungszwangs der Behörden nun einmal leider nicht unter den Tisch fallen lassen.

Benedikt kam von seinem Termin erst kurz vor Mitternacht nach Seilersfeld zurück. Zu spät, um Yvonne noch aufzusuchen, also fuhr er auf direktem Wege nach Hause. Als er die Haustür öffnete, wunderte er sich, dass in der Stube noch Licht brannte. Normalerweise ging sein Vater früher zu Bett. Aber dieser war nicht alleine. Benedikts Schafkopffreunde, der Ladenbesitzer Peter Kranz und der Polizeimeister Hubert Förster, hatten bis jetzt auf ihn gewartet.

Sie erzählten ihm in allen Einzelheiten, was sich am frühen Abend zugetragen hatte und was mit richterlichem Beschluss am nächsten Tag geschehen sollte. Sie sagten, dass sie im

Gegensatz zu ihren Frauen und den meisten anderen kein gutes Gefühl dabei hätten. Von Benedikts Vater hatten sie erfahren, dass die Frau am Sonntag hier gewesen sei, und da dachten sie, er solle von den Plänen des Richters wissen.

Benedikt wurde blass.

Nach seinem heutigen Termin war er ohnehin über alle Maßen aufgewühlt, aber das, was seine Freunde ihm gerade berichteten, versetzte ihn in Panik.

Ein Zustand, den er nicht kannte.

»Verdammt!«, stieß er hervor, drehte sich um und rannte aus dem Haus. Es gab keine Zeit zu verlieren. Was er vorhatte, durfte nicht bis morgen warten. Seine beiden Freunde sahen sich zunächst verwundert an, dann rannten sie ihm hinterher. Benedikt sprintete die Ludwigstraße hoch und bog dann nach rechts in die Hauptstraße ab. Er lief am alten Brunnen vorbei und an der gelben Telefonzelle, die seit zwei Jahren dort stand. Peter und Hubert versuchten, an ihm dranzubleiben, aber es gelang ihnen nur mit Mühe. Benedikt hielt erst vor dem Haus von Klaus Benscheidt an, der am nächsten Morgen seinen Bruder im Kreisjugendamt instruieren sollte. Benedikt klingelte und hämmerte mit der Faust immer wieder gegen die Tür, bis diese sich endlich öffnete. Klaus stand im Morgenmantel vor ihm, unter dem ein hellblauer Pyjama sichtbar wurde.

Er trug Pantoffel.

Hechelnd trafen nun auch Peter Kranz und Hubert Förster ein. Benedikt sagte nur »Komm mit!« und zog seinen alten Schulkameraden in Morgenmantel und Pyjama die Stufen hinunter auf die Straße. Dieser protestierte zuerst heftig, aber als er bemerkte, dass selbst der Dorfsheriff anwesend war und keinerlei Anstalten machte, Benedikts Verhalten zu missbilligen oder gar zu unterbinden, ließ er sich von

Benedikt die paar hundert Meter bis zum Haus des Richters führen. Immer wieder fragte er, was das solle und was Benedikt vorhabe. Fragen, die sich auch die beiden anderen insgeheim stellten.

Als der kleine Trupp das Haus des Richters erreichte, klingelte und hämmerte Benedikt auch hier so lange an der Tür, bis im Inneren das Licht anging und auch der alte Gruber in Pyjama und Morgenmantel in der Tür erschien.

»Wir müssen reden!«, sagte Benedikt nur und drückte Klaus an dem völlig verdutzten Richter vorbei ins Hausinnere. Direkt danach zwängte er sich selbst an Roland Gruber vorbei. Und bevor dieser etwas sagen konnte, gingen auch Peter Kranz und Hubert Förster an ihm vorbei und folgten Benedikt. Sie allerdings brachten wenigstens ein «Grüß Gott, Roland« heraus.

8

Am nächsten Morgen erwachte Benedikt mit Kopfschmerzen. Der gestrige Tag war lang und anstrengend gewesen und die Nacht wegen seiner Intervention bei Roland Gruber kurz. Er hatte nur wenig und unruhig geschlafen. Es war der Tag des Berlinbesuchs des amerikanischen Präsidenten Kennedy, und sie hatten den Grünschnabel von der Journalistenschule nach Berlin geschickt. Egal.

Ihn beschäftigte etwas anderes.

Er sehnte sich mit jeder Faser nach Yvonne, und er musste mit ihr reden. Also fuhr er nach einer Dusche und einem hastigen Frühstück hinaus zum Holzgärtnerhof. Sein erster Weg führte durch die stets offene Tür in die Küche der Bäuerin. Ihr erklärte er die Notwendigkeit, mit Yvonne ein paar Stunden in Ruhe unter vier Augen zu reden und bat sie darum, sich an diesem Vormittag um Paul zu kümmern. Dann ging er zu Yvonne. Er begrüßte zuerst Paul als großen Lokführer. Das Wiedersehen mit Yvonne fiel vor dem Jungen nicht so leidenschaftlich aus, wie sich beide das innerlich gewünscht hätten, aber das holten sie später am Seitenrand der Landstraße im Käfer nach.

Er wolle ihr etwas zeigen, hatte er gesagt und fuhr mit ihr zur Dorfmitte. Er parkte den Wagen direkt bei der Kirche. Deren goldener Kuppelturm mit dem Windhahn auf der Spitze überragte jedes Haus in Seilersfeld und war von überall zu sehen. Benedikt nahm Yvonnes Hand und führte sie um die Kirche herum, wo er mit ihr den hiesigen Friedhof betrat. Es waren ein paar ältere Dorfbewohner unterwegs, die ihnen verwundert hinterher schauten. Der Friedhof präsentierte sich ebenso gepflegt wie alle Gärten und

Grünflächen des Dorfes. Selbst um die alten Gräber mit den verwitterten und teils schiefen Grabsteinen aus dem vorigen Jahrhundert kümmerte sich jemand, so dass kein Wildwuchs entstand. Im westlichen Teil des Friedhofs hielt er vor einem der Gräber an.

»Hallo Mama, das ist Yvonne. Die Frau, die ich liebe.«

Yvonne betrachtete den schlichten Grabstein und las, was auf ihm stand. Es war kein Spruch vorhanden, nicht einmal eine Einleitung in der Art wie »Hier ruht …« oder so etwas. Der Stein gab nur die nackten Daten wieder.

Helen Marquardt

geb. Springer

15.03.1899 – 17.12.1944

»Hallo Frau Marquardt«, sagte Yvonne und fügte leise hinzu: »Ich bin die Frau, die ihren Sohn liebt.«

Sie hatte sich nun zwei Tage, die kein Ende zu nehmen schienen, nach Benedikt gesehnt. Warum führte er sie nun hierher, an das Grab seiner Mutter, statt mit ihr einen romantischen Ausflug, ein paar einsame Stunden im Wald oder in einer Stadt zu verbringen, wo man sie nicht kannte? Nicht, dass sie nicht gewillt gewesen wäre, seiner Mutter diese Ehre zu erweisen, insbesondere dann nicht, wenn ihm so offensichtlich daran gelegen war. Aber sie hatte doch etwas anderes für diesen Tag erwartet.

Dem Grab gegenüber stand eine Bank zum Verweilen, und Benedikt forderte Yvonne auf, sich mit ihm auf diese Bank zu setzen. Sie legte ihre Hand auf seinen Oberschenkel, während er noch für ein paar Minuten das Grab seiner Mutter betrachtete. Dann sagte er plötzlich: »Es ist nur eine Attrappe. Sie liegt hier nicht wirklich.«

»Ich verstehe nicht«, sagte Yvonne.

»Von ihr blieb nichts übrig, was man hätte bestatten können«, erklärte er. »Sie starb bei einem Bombenangriff auf München am 17. Dezember 1944. Es war ein Volltreffer. Alle Bewohner des Hauses sind vollständig verbrannt. Auch meine Großmutter, die Mutter meiner Mutter.«

»Das tut mir leid.«

»Ich habe dieses Grab 1956 anlegen lassen und zahle auch die Miete dafür. Es enthält nur ein paar Kleider, Fotografien und einige persönliche Gegenstände von ihr. Mein Vater mag es nicht. Er war nicht dabei, als der Sarg mit den Sachen eingelassen wurde. Er war überhaupt noch nie hier. Dieses Grab existiert nur für mich. Ich habe auch die Bank bezahlt, auf der wir sitzen.«

Yvonne hörte ihm zu und schwieg.

»Ich habe zwölf Jahre gebraucht, um mich mit meiner Schuld zu arrangieren. Aber dann brauchte ich diesen Ort, zu dem ich gehen und bei dem ich sitzen konnte, um mit ihr zu reden.«

Yvonne wurde hellhörig.

»Deine Schuld? Was für eine Schuld?«

Es dauerte einen Moment, bevor er antwortete.

»Mein Vater befand sich seit September 1944 in britischer Kriegsgefangenschaft. Wir waren seitdem allein zu Hause. Und als es auf Weihnachten zuging, sehnte ich mich nach meiner Großmutter. Ich schlug vor, dass wir Anfang Dezember zu ihr nach München fuhren und bis Neujahr blieben, aber meine Mutter war dagegen. Sie wollte ihre Mutter nach Seilersfeld holen, weil es hier sicherer war als in der Großstadt. Ich war 18 Jahre alt zu dieser Zeit und hatte die Schnauze voll von dieser Ödnis. Ich wollte nicht nur meine Großmutter wiedersehen, ich wollte auch unbedingt nach München. In die große Stadt. Die Feldherrenhalle sehen und überhaupt vieles in der sogenannten Hauptstadt der nationalsozialistischen Bewegung. Ich Idiot war immer noch ein Schwärmer, weißt Du?«

Das hatte Yvonne nicht erwartet. Das Bild, das sie sich von Benedikt zurechtgelegt hatte, war das eines liberalen Freidenkers. Ein Nazi? Oder zumindest ein Sympathisant? Das war überraschend. Aber vielleicht musste man sich einmal dreihundertsechzig Grad im Kreis drehen, auch das Dunkle annehmen, vielleicht zu verstehen versuchen, um frei zu sein. Ihr Leben war zu einsilbig verlaufen, um es beurteilen zu können. Es gab noch so vieles an ihm zu entdecken.

»Wie dem auch sei«, fuhr er fort, »wir hatten viele Diskussionen und haben uns auch deswegen gestritten. Aber letztendlich setzte ich mich durch. Wir besuchten meine Oma in München und hatten vor, Weihnachten und Silvester mit ihr zu feiern und sie dann Anfang Januar mit nach Seilersfeld zu nehmen. Das war der Kompromiss. Aber dazu kam es nicht. In der Nacht zum 18. Dezember kamen die Bomber. Ich sah mir an diesem Abend die Wochenschau in einem Filmtheater an und hockte dann dort in einem Luftschutzkeller. Als ich nach der Entwarnung durch die zertrümmerte Altstadt zum Mietshaus meiner Oma zurückkehrte, stand es nicht mehr.«

Yvonne schwieg, aber sie streichelte ihm tröstend über den Rücken.

»Hätte ich meine Mutter nicht überredet, nach München zu fahren, hätte ich mich stattdessen überzeugen lassen, meine Oma direkt nach Seilersfeld zu holen, würden beide noch leben. Ich habe mir jahrelang die Schuld an ihrem Tod gegeben. Und als mein Vater heimkehrte, machte er anfangs auch keinen Hehl aus diesem Zusammenhang. Aber im Gegensatz zu mir, hat er schnell damit begonnen, denen die Verantwortung zu geben, die sie wirklich hatten. Den Politikern, die diesen Krieg so geführt haben, wie sie ihn geführt haben. Churchill zum Beispiel, aber allen anderen voran Hitler. Ich habe länger dafür gebraucht, irgendwann einzusehen, dass mein Anteil am Tod meiner Mutter und meiner Oma keine individuelle Schuld begründete. Man entscheidet sich, mit dem Auto zu fahren und gerät in einen Unfall. Man entscheidet sich, mit dem Zug zu fahren, und der entgleist. Die Folgen einer Entscheidung, die nicht im Zusammenhang mit den Gründen stehen, aus denen heraus man sie getroffen hat, begründen keine Verantwortung und keine Schuld. Wenn ich durch eine leichtsinnige Fahrweise mit dem Auto einen Unfall verursache, dann bin ich dafür verantwortlich. Wenn ich aber unverschuldet in einen Unfall gerate, bin ich für diesen und seine Folgen nicht verantwortlich, nur weil ich mich an diesem Tag für das Auto statt für das Fahrrad entschieden habe. Ich bin nicht dafür verantwortlich, dass die Bombe das Haus meiner Oma traf und nicht das Theater, in dessen Keller ich hockte.«

Yvonne wurde das Gefühl nicht los, dass Benedikt einen Grund hatte, ihr diese Geschichte zu erzählen. Dass er ihr damit etwas sagen wollte.

Das beunruhigte sie.

Alles andere wäre schon ein großer Zufall gewesen. Deswegen erwiderte sie nichts auf seine Geschichte. Sie hatte ihre Hände in den Schoß gelegt und starrte unverwandt auf das nur mit persönlichen Gegenständen bestückte Grab. Auch Benedikt machte eine Pause, bevor er wieder ansetzte.

»Vorgestern habe ich in Nürnberg über einen Gerichtsprozess berichtet«, sagte er.

»Ich weiß«, erwiderte Yvonne. »Ich habe Deinen Artikel gelesen in Wilmas Zeitung.«

Benedikt fragte nicht, ob oder wie er ihr gefallen hat.

Er wollte etwas anderes erzählen.

»Gestern war ich in Ingolstadt. Bei der öffentlichen Gedenkfeier für die sieben Kinder, die ein Amokläufer in einem Kindergarten erschossen hatte.«

Yvonne starrte auf das leere Grab.

»Ich habe sogar Alfons Goppel interviewt. Und auch den Ermittlungsführer der Kriminalpolizei sowie ehemalige Arbeitskollegen des von der Polizei getöteten Täters. Es handelte sich um einen 40jährigen Mechaniker von der Auto-Union.«

Er machte eine kleine Pause. Yvonne starrte immer noch auf das Grab seiner Mutter und schien auf einmal mit ihren Gedanken weit weg zu sein

»Er hatte eine russische Pistole. Eine Makarov. Man nimmt an, dass er sie aus dem Krieg mitgebracht und die ganze Zeit bei sich zu Hause aufbewahrt hatte.«

Benedikt drehte sich zu der scheinbar träumenden Frau neben ihm und sprach sie direkt an: »Eigentlich war es gar nicht sein Plan, diese Kinder zu erschießen, weißt Du?« Yvonne erwiderte nichts, und Benedikt sah, dass sie kaum noch atmete. Es schien ihn nicht zu überraschen, also sprach er weiter: »Er wollte eigentlich nur seine Frau und seinen Sohn erschießen. Sein Junge ging nämlich selbst in diesen Kindergarten, und seine Frau war eine der dort arbeitenden Kindergärtnerinnen.«

Benedikt griff sich in die Innentasche seines Jacketts und fischte die Zigarettenpackung heraus. Obwohl er ahnte, dass Yvonne nicht rauchte, bot er ihr eine an. Sie zog eine der Zigaretten aus der Schachtel. Benedikt hielt ihr sein

Feuerzeug hin, aber Yvonne traf die Flamme nur mit Mühe.

Sie zitterte.

Dann steckte er sich selber eine an. Natürlich war es verpönt, auf dem Friedhof zu rauchen, aber inzwischen waren sie weit und breit die einzigen Menschen. Die meisten Bewohner des Dorfes hatten begonnen, sich im Heuslinger Gasthof zu versammeln, der über so ziemlich den einzigen Fernsehapparat in Seilersfeld verfügte, um sich die Direktübertragung des Berlinbesuchs von John F. Kennedy anzusehen. Man war allgemein gespannt auf Kennedys Rede. Benedikt fuhr mit seiner Erzählung fort.

»Am Tag der Tat hatte es bei der Auto-Union eine organisierte Blutspende des Roten Kreuzes gegeben, an der dieser Mechaniker teilgenommen hat, weil er über einen Blutspenderausweis verfügte und seine Blutgruppe bereits kannte. Während er da so auf der Pritsche lag und seinem Blut zusah, wie es durch den transparenten Schlauch in den Beutel lief, erzählte er dem medizinischen Leiter dieser Rotkreuz-Einheit amüsiert, dass alle Mitglieder seiner Familie eine andere Blutgruppe hätten. Er selbst habe A, seine Frau habe 0 und sein Sohn B. Das sei nicht möglich, erwiderte der Rotkreuz-Mann. Doch, doch, beharrte der Mechaniker auf seiner Geschichte. Der Rotkreuz-Mann dagegen beharrte auf seinem Fachwissen. Wenn er A und seine Frau 0 hätten, könne sein Sohn nicht B haben, so seien nun einmal die unumstößlichen Vererbungsgesetze für Blutgruppen. Er müsse sich also irren. Der Mechaniker erklärte, er sei sich absolut sicher, dass sein Sohn die Blutgruppe B habe. In dem Fall, so konterte der Rotkreuz-Mann, könne er sich ebenso absolut sicher sein, dass es dann eben nicht sein Sohn sei.«

Benedikt zog an seiner Zigarette und warf einen

prüfenden und sorgenvollen Blick auf Yvonne.

»Der Mann wurde zuerst so weiß wie das Laken, auf dem er lag, und dann so feuerrot, wie die Rotkreuz-Uniform, in der der andere steckte. Er zog sich selbst die Nadel aus der Armbeuge, sprang auf und verschwand. Sein Kollege auf der Nachbarpritsche erkannte sofort, welch verheerenden Fehler der unsensible Mediziner gerade begangen hatte und ließ die Polizei alarmieren. Der Beamte in der Notrufleitung brauchte zu lange, um den Sachverhalt zu begreifen, und als endlich ein Streifenwagen die Wohnung des Täters erreichte, war dieser schon dort gewesen, hatte die Makarov geholt und befand sich mittlerweile auf dem Weg zu jenem Kindergarten, in den der Junge ging und in dem seine Frau arbeitete.«

Yvonne hielt den glimmenden Stumpf ihrer Zigarette zwischen Zeige- und Mittelfinger und hatte schon lange nicht mehr daran gezogen oder sie bewegt. Eine lange, gekrümmte Stange aus grauer Asche ragte in die Seilersfelder Friedhofsluft, wie eine durch die Hitze verbogene Stahlstrebe einer ausgebombten Hausfassade. Sie zeigte wie ein Finger auf das vor ihnen liegende Grab, bevor sie abfiel und zerbröselte.

»Er stürmte den Kindergarten und brüllte wutentbrannt nach seiner Frau. Wie ein entfesselter Berserker riss er jede Tür auf, suchte sie und brüllte immerfort. Und als ihm eine der anderen Kindergärtnerinnen, die verängstigt hinter einem Pult kauerte, sagte, dass seine Frau mit dem Jungen nicht im Kindergarten, sondern zu einem Arzt gegangen sei, weil der Junge plötzlich Fieber bekommen hatte, entlud sich sein zum Platzen angestauter Zorn in einem unkontrollierten und wahllosen Kugelhagel.«

Yvonne hatte den Rest der Kippe fallen lassen.

Sie hielt sich die Ohren zu und wimmerte.

Benedikt legte seinen Arm um sie und drückte sie an sich. Am liebsten hätte sie in diesem Moment die Schleusen geöffnet und das ganze Gift ausgespuckt, das sich in ihrer Kehle angesammelt hatte. Aber es ging nicht. Vielleicht hatte sie es schon zu oft getan.

Jetzt konnte sie nur wimmern.

Und dann hörte Benedikt, dass sie etwas flüsterte:

»Diese untreue Hure hat sieben unschuldige Kinder auf dem Gewissen. Ich verachte sie!«

Benedikt griff ihr unter die Arme und hob sie auf. Er stützte sie auf dem Weg zum Auto. Der Gasthof auf der anderen Seite des Kirchplatzes war voll. Sicher sahen seine Gäste im großen Saal gerade den jungen amerikanischen Präsidenten hinter seinem Rednerpult und lauschten seiner Rede. Benedikt war sich sicher, dass viele von ihnen sich während Kennedys Rede schon darauf freuten, im Anschluss die Polizei und das Jugendamt zu erwarten, um der Abholung von Paul sowie der Verhaftung seiner Mutter beizuwohnen.

Aber dazu würde es nicht kommen.

Weder die Polizei noch das Jugendamt würden kommen. Dafür hatte er in der Nacht gesorgt, als er Roland Gruber und den anderen erzählte, was er inzwischen wusste. Er hatte diese Entscheidung allein treffen müssen. Ohne Yvonne vorher zu fragen. Dabei war ihm klar, dass er ihr Geheimnis offenbaren und sie somit wird opfern müssen.

Ihre wahre Identität würde sich herumsprechen.

Das ging bestimmt recht schnell, und sie könne auch in Seilersfeld nicht bleiben. Als sie seinen grauen VW Käfer erreichten, klemmte ein Zettel hinter dem rechten Scheibenwischer. Auf ihm war mit einem dicken, roten Filzstift nur ein Wort geschrieben.

Mörderin

Es ging wirklich schnell.

Ja, Yvonne musste sich ein neues Exil suchen.

Aber dorthin würde sie nicht alleine gehen.

Sie würde dann auch nicht mehr *Schmidt* heißen.

Sie würde dann *Marquardt* heißen.

Liebe ist kein Gefühl

Nina will ihren 39. Geburtstag nicht feiern. Stattdessen lässt sie sich ohne Plan oder Ziel durch die Stadt treiben. Sie glaubt, dass irgendwo da draußen etwas auf sie wartet. Ein Artikel in einer Zeitschrift, der die Liebe aus einem unerwarteten Blickwinkel heraus betrachtet, weckt ihre Neugierde. Das Titelbild zeigt den Verfasser, und sie erkennt etwas an ihm, das sie dazu verleitet, diesen Mann finden zu wollen.

Es wird ein Trip, der sie weit weg führen wird. Sehr weit.

1

Manchmal spürt man ja etwas. In der Luft. In der Atmosphäre um einen herum. Ein Gefühl, eine Spannung oder eine Energie. Aufbruch vielleicht. Euphorie. Hoffnung. Oder dass etwas Neues anbricht. Es kann auch Niedergeschlagenheit sein, Enttäuschung oder gar Resignation. Am häufigsten ist es Liebe.

Alle Jahre wieder im Frühling.

Was es auch ist, es durchdringt den Raum mit untereinander verwobenen und vernetzten Bahnen, die ihn dichter zu machen scheinen. Die ihn greifbarer, fühlbarer, spürbarer machen. Eine kollektive Energie. Viele Menschen, zur gleichen Zeit von etwas Ähnlichem beseelt, scheinen einen Teil davon in die Luft abzugeben, die sich damit auflädt. Ein gleichmäßig fließender, mentaler Strom, der auch alle anderen mit dieser Grundspannung berührt. Nina konnte solche Strömungen immer sehr gut aufnehmen. Als seien sie mit einem Geruch versehen, für den sie eine Nase hatte, oder als hätten sie eine bestimmte Frequenz, die Ninas Sensoren zum Schwingen brachten.

Sie saß seit über zwei Stunden in einem Linienbus. Die dritte Fahrt von einer Endhaltestelle zur anderen, zwischen Solingen und Düsseldorf, ohne dass Nina irgendwo ausgestiegen wäre. Selbst an den beiden Endhaltestellen war sie sitzengeblieben. Den Busfahrer kümmerte es nicht. Er ließ sie sitzen, wo sie war, stieg aus, rauchte, unterhielt sich mit seinen Kollegen, und wenn die Zeit gekommen war, die Fahrt in die andere Richtung wieder aufzunehmen, stieg er ein, startete den Motor und nahm Nina ein weiteres Mal auf seine immer gleiche Tour. Sie lehnte mit der Stirn an der kühlen Scheibe, und die Welt da draußen fuhr an ihr vorbei. Sitzbänke mit Wartenden. Parkende Autos am Straßenrand. Blaue. Schwarze. Silberne. Verbeulte.

Backsteinwände und Litfaßsäulen, Laternen und Schaufenster mit oder ohne Markisen. Eine Plakatwand mit dem Konterfei eines Politikers, der »Für eine sichere Zukunft« auf Stimmenfang ging. Eine Zukunft, sicher vor was?

Sicher vor Krieg, vor Kriminalität, vor Armut?

Vermutlich allgemein vor Veränderung.

Nina hatte am Morgen ihre langen, blonden Haare zu einem Zopf geflochten, der nun über ihrer rechten Schulter vorne auf ihrem Oberkörper lag. Gedankenverloren ließ sie das Ende des Zopfes immer wieder durch die Finger ihrer rechten Hand gleiten, während die Welt um sie herum keine Notiz von ihr nahm. Mit der anderen Hand hielt sie sich an ihrem kleinen Rucksack fest, der als Handtaschenersatz in ihrem Schoß lag. Fahrgäste stiegen aus, andere stiegen ein. Und obwohl es sich um so viele verschiedene Menschen handelte, ähnelten sich ihre Gesichter auf bedrückende Weise.

Irgendwo zwischen den Sitzen kullerte ein leerer Pappbecher seelenruhig hin und her, wenn der Bus bremste oder beschleunigte. Das Geräusch begleitete Nina, seit sie selbst zugestiegen war, und niemand schien Notiz von dem herrenlosen Becher zu nehmen. Er ließ sich offenbar ebenso willenlos treiben, wie es Nina an diesem Tag tat. Es war nicht irgendein Tag.

Es war ihr Geburtstag.

Ihr Neununddreißigster.

Das beständige Kullern des Bechers beruhigte sie irgendwie. Ein hörbarer Funke Leben in einer ansonsten mit Menschen angefüllten Leere. Sie saß mit dem Rücken zur Fahrtrichtung in einer der aus vier Sitzplätzen bestehenden Sitzgruppen. Ihr gegenüber hatte ein älteres Ehepaar Platz genommen. Der Mann saß am Gang, seine Frau am Fenster. Auf den beiden höhergelegenen Plätzen hinter Nina mussten zwei Schülerinnen von vielleicht 14 Jahren sitzen, denn sie unterhielten sich, und ihr Gespräch klang ebenso jung wie altklug. Auf der breiten Rückbank ganz hinten im Bus saßen vier junge Frauen einträchtig nebeneinander, vermutlich Studentinnen auf dem Weg zur Uni. Sie hielten die Köpfe gesenkt. Gleichsam versunken in einem stummen Gebet schoben sie mit ihren Fingern die neuesten Mitteilungen ihrer Freundinnen über die Bildschirme ihrer Smartphones oder kommentierten diese mit tanzenden Daumen.

Manchmal spürt man ja etwas. In der Luft. In der Atmosphäre um einen herum. Für solche Zustände, für solche Energien, hatte Nina eine gute Nase. Sie spürte es auch an diesem Tag. Der ganze Bus war ebenso erfüllt davon wie die Welt, durch die er fuhr. Die graue Farbe der vorbeirauschenden Fassaden verschmolz mit den gelegentlich dazwischen auftauchenden Himmelsfetzen zu einer einheitlich trüben Wand, in der sogar eben jene Himmelsfetzen die Eintönigkeit des Tages nicht mehr zu unterbrechen vermochten.

Nina spürte das Nichts.

Es war ihr ganz intensiv bewusst, denn sie verwechselte es nicht damit, nichts zu spüren. Nein, sie spürte das Nichts. Die Nichtigkeit des Seins. Ein großes, ebenso unendliches wie bedeutungsloses Nichts. Es fühlte sich nicht kalt an, so wie man sich vielleicht den Tod vorstellt. Das Nichts hatte keine Temperatur. Es war einfach nur leer. Nichts weiter. Nur leer. Es hatte keine Tiefe, kein Gewicht und keine Farbe. Auch nicht schwarz. Nur leer. Eine die Dinge umfassende und sie durchdringende Sinnlosigkeit des Seins. Eine vollständige Bedeutungslosigkeit allen Handelns. Die Illusion von Existenz.

Vor genau zwei Monaten, vier Tagen und, Nina schaute auf ihre Uhr, zwei Stunden hatte Johannes sie verlassen. Er werde nach der Arbeit nicht mehr nach Hause kommen, hatte er nach dem Frühstück gesagt. Sogar die Zeitung hatte er gesenkt, um ihr das ins Gesicht zu sagen. Das war neu, und es unterstrich, dass selbst er dieser Mitteilung eine Bedeutung beimaß. Er nehme nur das Nötigste mit. Seine restlichen Sachen hole er irgendwann einmal ab, am besten, wenn sie nicht da sei.

Der Bus stoppte an einer Haltestelle, und eine Handvoll Wartender stellte sich an der Vordertür an, um eingelassen zu werden. Die ältere Frau, die Nina gegenüber saß, hob den Kopf und sagte:

»Die steigen jetzt auch ein.«

Als ihr Mann nicht reagierte, wiederholte sie es.

»Da steigen jetzt Neue ein.«

Nun endlich reagierte ihr Mann, der die ganze Zeit über geistesabwesend in die alles umgebende Leere gestarrt hatte.

»Wo?«

»Da! Vorne.«

»Hmm ... Ach ja.«

Nina war an jenem Morgen am Frühstückstisch weder geschockt noch überrascht gewesen. Auch nicht wütend, verärgert und schon gar nicht traurig. Sie reagierte innerlich und äußerlich völlig gleichmütig, so als habe Johannes ihr lediglich mitgeteilt, dass er innerhalb der Firma auf einen neuen Posten versetzt worden wäre.

»Hast Du Dich in eine andere verliebt?«

»Nein.«

»Wo wirst Du wohnen?«

»Habe ein kleines Appartement gemietet.«

»Hmm ... Ach ja.«

Als der Bus wieder anfuhr, lenkte sie ihren Blick erneut aus dem Fenster. Sie passierten eine Ampel, an der eine junge Mutter mit ihrem Kinderwagen stand und auf Grün wartete. Während sie mit der rechten Hand den Wagen hielt und ihn leicht auf und ab wippte, lag in ihrer linken ein Smartphone, und sie tippte mit dem Daumen eine Nachricht auf das Display. Hinter Nina, auf den höhergelegenen Sitzen, steuerte der Monolog einer der beiden Schülerinnen seinem Höhepunkt zu: »Dann er so: Was geht? Und ich so: Hmm. Er so: Melodrom? Und ich so: Hmm. Dann er so: Kevin. Und ich so: Meli. Dann er so: Okay. Und ich so: Ja.«

Drei Jahre zuvor hatten Johannes und sie sich kennengelernt. Der lokale Drucker in Ninas Büro sprach auf keinen Befehl mehr an, und sie hatte die IT-Abteilung um Hilfe gebeten. Der Techniker, der kam, um den Fehler zu beheben, entsprach überhaupt nicht dem Bild, dass sie von diesen Computer-Nerds hatte. Johannes trug keine Hornbrille, seine vollen, gewellten und dunklen Haare waren gepflegt und frisch gewaschen, und seine Haut war nicht bleich und labberig sondern braungebrannt, und sie spannte sich fest um offensichtlich durchtrainierte Muskeln. Als er ihr

Büro betrat, mit einem ebenso unbekümmerten wie selbstbewussten Lächeln, füllte sich der Raum mit einer elektrisierenden Substanz aus Kraft und Vitalität. Seine Präsenz war für Nina geradezu körperlich spürbar. Als sie ihm stotternd zu erklären versuchte, was er längst wusste, nämlich dass der Drucker nicht mehr funktioniere, fühlte sich dieser Moment für sie an, als handele es sich um eine einstudierte Szene in einem Filmdreh, bei der sie den einzigen Satz ihrer kleinen Sprechrolle soeben verpatzte.

Sie verliebte sich in ihn, wie man sich in ein Sommerkleid verliebt, das in einem Schaufenster nur auf eine einzige, ganz bestimmte Trägerin zu warten schien. Ein Kleid, das durch seine Form, seine Farben und seine luftige Eleganz dieser Trägerin Leichtigkeit, Glück und sprühende Lebensfreude versprach, wenn sie es denn nur trug. Ein Kleid, dass man jetzt sofort unbedingt haben musste und das erst irgendwann einmal aus der Mode kommen würde.

Nachdem Johannes in Ninas Wohnung gezogen war, begannen Farbe und Eleganz dieses Kleides bereits zu verblassen, und Nina hing es immer öfter in ihren innerlichen Schrank, statt es zu tragen. Als Johannes das Verblassen der Beziehung spürte und dann zu allem Überfluss auch noch anfing, von Hochzeit und Kindern zu reden, war das Kleid schon aus der Mode gekommen. Seitdem war es gänzlich im Schrank verblieben, und Johannes und sie hatten sich schon nach zwei Jahren auseinandergelebt. Nun war er gegangen. Der Bus bremste ab und umkurvte vorsichtig einen Krankenwagen, der mit offener Heckklappe und eingeschalteten Warnblinkern die Fahrspur blockierte.

»Da steht ein Krankenwagen.«

»Wo?«

»Da.«

»Ach ja.«

Nina hatte sich vorgenommen, sich von ihrem Geburtstag überraschen zu lassen. Sie hatte sich extra eine ganze Woche Urlaub genommen, obwohl sie keine bestimmten Pläne und kein bestimmtes Ziel hatte. Sie war am Morgen in den Bus gestiegen und wartete darauf, dass ihr Gefühl und ihre Inspiration sie durch den Tag leiten würden. Sie hatte das Gefühl, es sei ein Bruch mit ihrem bisherigen Leben nötig, und sie wollte sich eine ganze Woche lang damit beschäftigen, was sie ändern könnte, beziehungsweise, was überhaupt sie eigentlich von ihrem Leben wollte. Rechtzeitig, bevor sie nächstes Jahr 40 würde, wollte sie ihrem Leben in den nächsten 12 Monaten eine neue Richtung geben, und die kommende Woche sollte ihr ein Gefühl dafür geben, wohin exakt sie wollte.

In den letzten Minuten hatte die sich anbahnende Beziehung zwischen Meli und Kevin Fortschritte gemacht: »Und dann ich so: warum hast Du nicht angerufen. Und dann er so: Hmmm. Und dann ich so: Du hast doch gesagt, Du rufst an. Und er so: Hmmm. Und ich so: Ey, ich habe gewartet. Und er so: Ich konnte nicht. Und ich so: Warum? Und er so: Keine Zeit. Und ich so: Was geht denn ab? Und er so: Nichts.«

Nach dem Aufstehen war sich Nina sicher gewesen, dass ihr heutiger Geburtstag eine Überraschung für sie bereit halten würde. Sie bräuchte nur das Haus verlassen, und diese Überraschung würde sie finden.

Was sie fand, war das Nichts.

Der Bus überholte eine Radfahrerin, die erkennbar bemüht war, ihr Fahrrad mit einer Hand neben dem sie überholenden Bus auf dem engen Radstreifen zu balancieren, während sie sich mit der anderen Hand ihr Telefon ans Ohr hielt und sich weiter unterhielt.

Nina hatte niemanden eingeladen. Es war ja auch nur der Neununddreißigste.

Vielleicht nächstes Jahr.

Bei genauer Betrachtung hätte es auch niemanden gegeben, den sie hätte einladen können, von ein paar uninteressanten Arbeitskollegen einmal abgesehen. Ihre beste Freundin Marion hatte den Kontakt zu ihr abgebrochen, ebenso wie alle anderen Freundinnen der gemeinsamen Clique. Und selbst die Tatsache, dass Johannes vor zwei Monaten ausgezogen war, konnte ihre ehemaligen Freundinnen nicht gnädig stimmen. Besonders Marion nicht. Im Gegenteil. Acht Jahre lang hatte Nina mit Frank zusammen gelebt, Marions Bruder. Dann hatte Nina ihn verlassen. Allein das hatte ihre Freundin schon gegen sie aufgebracht. Marion hielt Nina vor, es sei wegen Johannes gewesen, der ja auch kurz darauf zu ihr gezogen sei. In jene Wohnung, die Nina sich gesucht hatte, um Marions Bruder Frank verlassen zu können. Dabei hatte Nina ihr bestimmt tausendmal erklärt, dass Johannes nicht der Grund, sondern höchstens der Auslöser gewesen war. Sie hätte Frank früher oder später auch so verlassen.

Das Zusammenleben mit ihm sei in den letzten zwei Jahren immer unerträglicher geworden, und eine Besserung schien nicht in Sicht.

Der Bus hielt an einer roten Ampel.

»Rot.«

»Was?«

»Rot!«

»Hmm ... Ach ja.«

»Er so: Hast mir gar nichts zu sagen. Und ich so: Nee. Und er so: Jedenfalls sage ich das. Und ich so: Ich hab's gehört. Und er so: Also dann. Und ich so: Okay. Und er so: Biste jetzt sauer oder was? Und ich so: Nee. Und er so: Was dann? Und ich so: Nichts.«

2

Am Morgen war es Nina ganz klar gewesen. Wenn sie zu Hause bliebe, könne ihre Geburtstags-Überraschung sie nicht finden. Andererseits würde ihre Überraschung sie ebenso wenig in dem fahrenden Nichts finden, in dem Nina saß. Eigentlich wollte sie Cafés an diesem Tag meiden, um der Welt an ihrem Geburtstag nicht ihre Einsamkeit präsentieren zu müssen. Allerdings wurde ihr Kaffeedurst immer stärker, und darüber hinaus hatte sie das dringende Bedürfnis, ein paar Zeilen zu lesen. Irgendwas. Hauptsache, sie könne ihre Seele mit ein paar Brocken Inhalt füttern, denn diese begann damit, sich in dem Sinn-Vakuum zu verlieren, das Nina seit zwei Stunden umgab. Also stieg sie an der Berliner Allee in der Düsseldorfer Innenstadt aus und betrat kurz darauf einen kleinen Laden für Tabakwaren und Zeitschriften.

Als ihr Blick über die ersten Titel streifte, wurde sie fast wütend. Die Kanzlei, in der sie als Anwältin arbeitete, stritt sich regelmäßig vor Gericht mit diesen Verlagen, deren Geschäftsmodell es war, wöchentlich das Nichts in gedruckter Form zu verkaufen. Vollständig erfundene Sensationen, die noch nicht einmal richtig gestellt zu werden brauchten und ganz legal in die Welt gesetzt werden durften. Zum Leidwesen der davon Betroffenen und zur Freude der begierigen Leserinnen. Ein einziges Zeichen, von den Machern bewusst verwendet und von den Käuferinnen geflissentlich übersehen, entschied über die Legalität der Handelsware Klatsch.

Das Fragezeichen.

Kein anderes Zeichen war so viel Geld wert.

»Prinzessin Stephanie: Neue Liebe auf Ibiza?«

Mit dem Fragezeichen konnte und durfte man jede noch

so groteske Geschichte erfinden und veröffentlichen, ohne sie tatsächlich zu behaupten. Es ist ja nur eine Frage. Nina bückte sich hinunter zu den seriöseren Titeln auf der Suche nach einer sie interessierenden Lektüre während des inzwischen dringend ersehnten Kaffees. Doch auch hier inspirierte sie keine einzige Schlagzeile. Sie erhob sich wieder, sah sich im Laden um und bemerkte einen drehbaren Verkaufsständer, in dem ausschließlich Ausgaben der Zeitschrift »Psychologie Heute« präsentiert wurden. Darunter fast alle Titel der letzten Jahre. Jede einzelne Ausgabe hatte ein Schwerpunktthema, und nachdem Nina den Ständer einmal langsam um seine eigene Achse gedreht hatte, heftete sich ihr Blick auf das Bild eines Mannes, den sie auf etwa Mitte Vierzig schätzte. Er saß lässig auf einem kargen Felsbrocken vor einem kleinen, türkisfarbenen See und lächelte sie an. Er hätte eine gewisse Ähnlichkeit mit dem Schauspieler Terence Hill haben können, wenn seine Haare heller gewesen wären. Aber der Mann auf der Titelseite dieser Ausgabe hatte schwarzes Haar, das an den Schläfen schon ein klein wenig ergraute, doch seine Augen waren ebenso stahlblau wie die von Terence Hill. Irgendetwas an ihm berührte sie, aber sie konnte nicht genau sagen, was es war. Er entsprach nicht direkt ihrem Männergeschmack, und sie mochte auch den Schauspieler nicht, dem er ähnlich sah. Aber da war etwas in dem Bild, das ihr bekannt vorkam.

Nina las den Titel dieser Ausgabe:

»Liebe ist kein Gefühl«
Interview mit Sean Brannon

Das war die Ausgabe, die sie kaufte. Dann machte sie sich auf den Weg zu einem Café in einer Seitenstraße der Königsallee. Sie wählte einen ruhigen Tisch am Fenster und bestellte einen Milchkaffee. Das Café war nicht sonderlich gefüllt. An einem Tisch in der Mitte des Raumes saßen zwei Studentinnen, die sich die ganze Zeit ruhig mit ihren Handys beschäftigten, und an einem weiteren Tisch an der Wand saßen zwei Frauen von etwa 50 Jahren, die sich gegenseitig von ihren letzten Einkäufen berichteten und was davon sie seitdem zu welchem Anlass getragen hatten. Vermutlich machten die beiden Studentinnen dasselbe, nur dass die beiden älteren Frauen mit ihren schillernden Kostümen es noch analog taten.

Nina schlug die Zeitschrift auf und blätterte nach einem Blick ins Inhaltsverzeichnis sofort zur Seite 24, auf der das Schwerpunktthema dieser Ausgabe begann. Die populärwissenschaftliche, britische Zeitschrift »Spirit« hatte ein Jahr zuvor unter ihren Lesern einen Wettbewerb ausgeschrieben. Gesucht wurden Aufsätze, in denen die Verfasser versuchen sollten, die Liebe zu erklären. Gewonnen hatte eben dieser Sean Brannon, ein damals 44jähriger Mathematiklehrer der Abbey Vocational School in der irischen Stadt Donegal. Sein Aufsatz mit dem Titel »Liebe ist kein Gefühl« hatte der Jury am besten gefallen. Er wurde nun in einer deutschen Übersetzung in dieser Ausgabe von »Psychologie Heute« abgedruckt, gefolgt von einem Interview mit dem Verfasser. Nina schaute noch einmal auf die Titelseite. Die Ausgabe war drei Jahre alt. Sean Brannon musste heute also bereits 48 Jahre alt sein. Er sei glücklich verheiratet und lebe in Carrick in Donegal County, stand in der Einleitung geschrieben.

»Ein Milchkaffee. Bitte sehr!«

Die Kellnerin stellte eine große, ausladende Tasse mit einem Berg aus Milchschaum vor Nina auf den Tisch.

»Danke.«

Tja, die Liebe. Nina nippte an der Tasse und leckte sich dann den Milchschaum von der Oberlippe. Sie sah aus dem Fenster und durch die Menschen hindurch, die von links und rechts ihr Blickfeld kreuzten. Was war es mit der Liebe? Was auch immer dieser irische Mathematiklehrer geschrieben haben mag, für Nina war die Liebe eindeutig das schönste Gefühl, das es gab. Sie hatte es zuletzt genießen dürfen, als sie Johannes kennenlernte. Und in einem ganz besonderen Maße, als sie Marions Bruder Frank das erste Mal sah. Das war auf Marions dreißigstem Geburtstag. Während die anderen Gäste sich dem Trubel der Musik und des Tanzes hingaben, verkrümelten sich Frank und Nina in eine stille Ecke und unterhielten sich. Sie erinnerte sich noch genau daran, dass sich der Mond ins Fenster schob und das Licht im Raum veränderte.

Ein verführerischer Schimmer blitzte in seinen Augen, und dieser Moment veränderte auch sein Gesicht. Aus dem jungenhaften Spitzbuben wurde plötzlich ein markanter Mann, der sie gleichzeitig unsicher und entflammbar machte. Die Zeit an diesem Abend verging wie in einer luftleeren Blase, in die die Partygeräusche nur noch gedämpft und von weit her hinein drangen.

Die Gefühle, die Frank in den nächsten Monaten in ihr hervorriefen, waren unbeschreiblich. Es verging keine Sekunde, in der sie nicht an ihn dachte und sich nach ihm sehnte. Sie konnte sich im Büro auf nichts mehr konzentrieren, jeder Arbeitstag war eine zähe Leere, die sich erst dann in eine explodierende Leidenschaft verwandelte, wenn Frank und Nina sich nach Feierabend wieder in den Armen lagen.

Ein Jahr später waren sie bereits verheiratet.

Es war herrlich.

Sie hatte seinen Namen angenommen und quoll über vor Stolz, wenn ihre Freundinnen nur von ihren Freunden berichteten, während sie von ihrem Mann erzählte. Das ganze Leben erschien ihr plötzlich wie ein wahr gewordener, lang ersehnter Traum. Niemals zuvor hatte sich das Nachhausekommen so schön angefühlt. Zu wissen, dass da jemand ist, der zu einem gehört. Jemanden zu haben, der seine Liebe und seine Begeisterung für alles, was mit ihr zu tun hatte, so deutlich zeigen konnte, wie Frank das tat. Er diskutierte mit ihr die Fälle, an denen sie arbeitete, und er war fasziniert von fast allem, was sie gerne tat. Obwohl er sich bis dahin nicht sonderlich für das Theater interessiert hatte, ging er mit ihr in jene Vorstellungen, die sie besuchte. Er nahm sogar an dem Theaterkurs teil, für den sie sich selbst angemeldet hatte. Nicht, um an diesen zwei Abenden in der Woche auch in ihrer Nähe zu sein, sondern weil er diesen Kurs mit ihr teilen wollte.

Es gab selbstverständlich auch Dinge, die jeder für sich hatte. Wenn Nina sich beispielsweise mit ihren Freundinnen zum Einkaufen oder zum Reden traf, verzichtete er natürlich dankend. Und wenn er Mittwochs und Samstags in seinen Schachverein ging, ging er allein. Nina interessierte sich nicht für Schach, und Frank stellte seine Versuche, es ihr zu zeigen, nach einigen vergeblichen Anläufen bald ein. Das sollte seine Domäne und sein Hobby bleiben, fand sie. Das Einzige, das sie störte, waren die wöchentlichen Ligaspiele. Denn die fanden an Samstagnachmittagen statt, so dass die Samstage für Radtouren oder Schwimmbadbesuche ausfielen. Aber bei all dem Glück, das sie mit Frank empfand, war das verschmerzbar. Nina nippte ein weiteres Mal an ihrer Tasse und schlug die Zeitschrift erneut auf.

Also dann, Mister Sean Brannon, was sagt denn ein irischer Mathelehrer zum schönsten aller Gefühle?

Sie begann zu lesen.

Die Frage nach der Liebe zu stellen heißt, die Frage nach Gott zu stellen. Bevor Sie mich jetzt verdächtigen, Sie mit religiösem Eifer zu einem bestimmten Glauben oder einer Kirche bekehren zu wollen, möchte ich versichern, dass dem nicht so ist. Ich selbst gehöre nämlich keinem bestimmten Glauben und auch keiner Kirche an.

Aber mir ist ein Aspekt der Liebe aufgefallen, der in der uralten Diskussion, was denn genau die Liebe sei, übersehen worden zu sein scheint. Denn sie kann etwas, was sie nicht können dürfte.

Stellen wir uns einmal vor, das Leben wäre nicht das gewollte Produkt eines schöpferischen Geistes, sondern das Ergebnis eines ziel- und planlosen und rein natürlichen Zufalls. Dann wäre die Welt ganz und gar Natur und nichts weiter.

Wir alle wären seelenlose, biologische Individuen, gesteuert von den einzigen beiden Triebfedern biologischen Handelns, dem Selbsterhaltungstrieb und dem Arterhaltungstrieb. Alles Handeln müsste sich entweder als Folge des Selbsterhaltungstriebes oder als Folge des Arterhaltungstriebes verstehen lassen. Dazu gehört der Fortpflanzungstrieb ebenso, wie Aufzucht, Pflege und Fürsorge der eigenen Nachkommen oder der Artgenossen. Auch die Bereitschaft, den eigenen Tod im Verteidigungskampf für Sippe, Vaterland oder Familie zu riskieren, wäre eine im Arterhaltungstrieb programmierte Bereitschaft.

Der zweite Trieb, der Selbsterhaltungstrieb, drängt die Lebewesen nicht nur dazu, das pure Überleben sicherstellen zu wollen, sondern auch zu allen Handlungen, die das eigene Leben angenehmer machen. Jegliches Streben nach Vorteilen wäre gesteuert von diesem Drang. Die Gewährung von Vorteilen wiederum wäre nur im Rahmen eines Tauschhandels zu verstehen, auch wenn die erwünschte Gegenleistung nur aus einer Hoffnung bestünde oder in der Zukunft läge.

Jede Vorteilsgewährung wäre aber verbunden mit der Schaffung oder Auflösung eines Schuldverhältnisses. Ein vollständig selbstloses, also ein gegenleistungsfreies Gewähren von Vorteilen wäre, wenn man den Gedanken einer nicht-göttlichen Natur radikal zu Ende denkt, mit den natürlichen Steuerungstrieben nicht erklärbar.

Das gilt auch für das Suchen und Eingehen sozialer Verbindungen wie Freundschaften, Gemeinschaften oder Lebenspartnerschaften. Sie dienten nur dazu, das Leben und Überleben sicherer und angenehmer zu machen, sowohl im Sinne der Selbst- als auch im Sinne der Arterhaltung.

Mit der Entwicklung von Ethik, Recht oder Gesetz, verbunden mit der emotional-intelligenten Fähigkeit zur Empathie, wäre es auch in dieser nicht-göttlich, sondern rein zufällig entstandenen Welt denkbar, Bedürfnisse kontrolliert und sozial verträglich zu befriedigen, weil ein Konsens darüber herrscht, dass ein kontrolliertes und soziales Verhalten allen dient.

Unwahrscheinlich dagegen wäre ein Verhalten, das von diesen beiden Grundtrieben unabhängig wäre. Das würde die Existenz eines dritten natürlichen Grundtriebes voraussetzen.

Aber selbst, wenn es einen solchen gäbe, wäre doch eines absolut gewiss: Dieser dritte Grundtrieb und das durch ihn gesteuerte Handeln dürfte und würde den Grundtrieben Selbst- und Arterhaltung nicht widersprechen.

Wir beobachten aber, dass Menschen zu Handlungen fähig sind, die genau das tun, nämlich den beiden Grundtrieben zu widersprechen.

Menschen können das, wenn sie im Zustand der Liebe sind. Das extremste und prominenteste Beispiel dürfte die Nächstenliebe von Pater Maximilian Kolbe sein. Es war 1941, als im KZ Auschwitz zehn Häftlinge wahllos und zufällig bestimmt wurden, die hingerichtet werden sollten. Als einer der auf diese Weise zum Tode Verurteilten um Gnade flehte, trat der ebenfalls im KZ Auschwitz inhaftierte Pater Maximilian Kolbe vor und bot dem Lagerkommandanten an, seinerseits anstelle des Flehenden hingerichtet zu werden, wenn dieser dafür verschont bliebe. Der Kommandant akzeptierte.

Kolbe wurde hingerichtet, und der so Gerettete überlebte. Er wurde alt und starb erst 1995.

Kolbes Antrieb: Nächstenliebe.

Er wurde 1982 heilig gesprochen. Sein von der Liebe bestimmtes Handeln steht ganz eindeutig im totalen Widerspruch zu den beiden in einer rein natürlichen Welt einzig denkbaren Triebfedern menschlichen Handelns. Sie diente weder der Arterhaltung und erst recht nicht der Selbsterhaltung. Im Gegenteil.

Wir müssen also mit der Liebe von einer dritten Triebfeder des Handelns ausgehen, die nicht nur unabhängig von den natürlichen Grundtrieben des Lebens ist, sondern diesen sogar zuwider laufen vermag. Und das nicht nur in solch extremen Beispielen wie jenes von Pater Kolbe.

Ganz allgemein werden viele Menschen selbst bereits die Erfahrung gemacht haben, dass sie im Zustand der Liebe schenken wollen. Dabei verbinden wir das Schenken in keiner Weise mit der Erwartung, ja noch nicht einmal mit der Hoffnung, eine Gegenleistung dafür zu erhalten. Im

Zustand der Liebe zu schenken, beschert uns Glücksgefühl genug.

Liebe begründet keinen Tauschhandel und kein Schuldverhältnis. Und genau das ist der interessante Aspekt! In einer nicht-göttlichen, nur durch Triebe gesteuerten Welt handeln wir im Zustand der Liebe unnatürlich. Wir handeln in einer Weise, die in einer solchen Welt nicht denkbar und nicht erklärbar wäre.

Das lohnt der Betrachtung!

Nina legte das Heft behutsam auf die Tischplatte zurück. Sie saß inzwischen seitlich zum Tisch, lehnte mit dem Rücken an der Fensterscheibe und hatte ein Bein über das andere geschlagen. Jetzt nahm sie es wieder herunter und stellte beide Füße auf den Boden. Ihr war etwas mulmig im Magen. Sie musste an Frank denken. Der Kaffee war kalt geworden, und sie bestellte ein Glas Wasser. Das tat ihr gut.

Dieser Kolbe hatte sich für einen völlig Unbekannten hinrichten lassen? Für nichts und wieder nichts? Wie kann man einen Unbekannten derart lieben, dass man so etwas tut? Und wie kann man ihn so plötzlich so derart lieben? Nina war noch nicht einmal in der Lage gewesen, Franks Depressionen zu ertragen, nachdem er seinen Job verloren hatte, obwohl sie ihn liebte. Aber es gab eben auch Grenzen der Zumutbarkeit. Seine Depressionen trieben Frank immer weiter in die Lethargie. Irgendwann zog er sich nach dem Aufstehen noch nicht einmal mehr an. Er warf sich nur den Morgenmantel über, spielte am Computer Schach oder sah fern. Wie oft hatte sie ihn ermahnen und zwingen müssen, sich wenigstens die Zähne zu putzen und sich durch das Gesicht zu waschen? Wenn sie nachmittags aus dem Büro nach Hause kam, saß er noch immer so vor dem Computer oder vor dem Fernseher.

Nina schlug das Heft zu und sah sich noch einmal den Mann auf dem Titelbild an.

Was schreiben Sie da, Mister Brannon?

Selbst die Liebe hat ihre Grenzen, das wusste sie aus eigener Erfahrung. Irgendwann ging es um die eigene Haut. Dann muss man erst einmal an sich selber denken. Weiß der Himmel, was sich dieser Priester dabei gedacht hatte. Mag ja sein, dass er wegen Nächstenliebe heilig gesprochen wurde. Aber dass er sich aus Nächstenliebe für einen völlig Unbekannten hinrichten ließ, das ging Nina dann doch zu weit.

Vermutlich hat er geahnt, welche Qualen ihn in Auschwitz die nächsten Jahre erwarten würden, und er hat diesem Schicksal auf diese Art vorgebeugt, ohne sich mit einem Suizid eine Todsünde aufzuladen. Sie las noch einmal den Titel:

»Liebe ist kein Gefühl«

Was soll das? Jeder weiß doch, dass Liebe ein Gefühl ist. Und was für eins. Also, wenn sich dieser Priester schon aus Nächstenliebe hat hinrichten lassen, dann doch wohl nur in einem Überschwang dieses Gefühls. Sie war gespannt, wie dieser Lehrer aus Irland im weiteren Verlauf seines Aufsatzes begründen will, warum die Liebe kein Gefühl sei. Dann nämlich muss Kolbes Entscheidung ein nüchterner Entschluss gewesen sein. Und der widersprach doch erst recht jedem gesunden Menschenverstand.

Wieder lächelte Sean Brannon sie von der Titelseite dieser Zeitschrift an. Da war etwas in seinen Augen, das sie kannte, auch wenn sie immer noch nicht sagen konnte, was es war. Es war nicht die außergewöhnliche, blaue Farbe. Es war etwas in Brannons Blick. Nina riss sich von seinem Blick los und schaute wieder aus dem Fenster. Dann schaute sie in das Innere des Cafés, in dem die beiden älteren Frauen noch immer tratschten und die beiden jungen tippten und wischten. Sie drehte sich um und schaute nach der Kellnerin, die sie jedoch nirgendwo entdecken konnte. Erneut betrachtete sie Sean Brannon.

Ja!

Jetzt fiel ihr auf, was das Besondere an diesem Bild war. Sie wusste, ihre Geburtstagsüberraschung hatte sie gefunden. Dieses Gefühl, das mehr wie eine Gewissheit anmutete, war mit einem Male da. Es war ganz klar. Keine Zweifel. Das plötzliche Wissen, was nun zu tun sei, hatte eine Größe, die jene noch übertraf, die sich am Morgen andeutete, als Nina das Haus in dem Gefühl verließ, dass da draußen etwas auf sie wartete.

Sie rollte die Zeitschrift zusammen, verstaute sie in ihrem Rucksack und ging zur Kuchentheke, hinter der eine Angestellte neben der Kasse stand. Sie zahlte und verließ das Café. Nur wenige Minuten später erreichte sie erneut die Berliner Allee und stieg dort in die Straßenbahn zum Hauptbahnhof. Dort wiederum bestieg sie die S-Bahn zum Flughafen.

Eines Tages hatte Frank angefangen, seinen Frust mit Alkohol zu betäuben. Er hatte damit begonnen, seinen Problemen einfach durch Flucht aus dem Wege zu gehen. Sein Rhythmus drehte sich um. Er trank, spielte und sah bis vier Uhr morgens fern. Er kam erst ins Bett, wenn Nina schon lange schlief. Auch das war eine Art von Flucht.

Vor Sex?

Vor Nähe.

Wenn sie am Morgen das Haus verließ, schnarchte er immer noch. Die Hausarbeit hatte er zwischenzeitlich völlig eingestellt. Er schien Nina überhaupt nicht mehr wahrnehmen zu wollen, und die Tage mit ihm endeten nicht selten im Streit. Je häufiger und heftiger sie sich stritten, desto mehr zog er sich in sich selbst zurück. Die wenigen Bewerbungen, zu denen sie ihn hat zwingen können, führten nur zu Absagen, und nach nur anderthalb Jahren war aus ihrem Mann ein gefühlloses und tatenloses Möbelstück geworden. Ein stinkendes, unrasiertes und zunehmend lästiges Möbelstück.

Nina fing an, die Samstagnachmittage zu genießen, denn das waren die einzigen Stunden, an denen er wegen der Ligaspiele das Haus verließ. Für Nina waren das die Stunden, in denen sie sich befreit fühlte von einem Leben, das sie sich so nicht vorgestellt hatte. Gelegentlich schüttete sie ihren Frust bei Marion, bei ihren Schwiegereltern oder bei seinen Schachfreunden aus, stets in der Hoffnung, sie könnten ihrem Mann helfen oder ihn zur Vernunft bringen. Aber egal, wer es auch versuchte, Frank reagierte auf jeden Versuch, mit ihm zu reden, allergisch und aggressiv. Er weigerte sich, zu einem Arzt zu gehen. Es sei alles in Ordnung, beteuerte er trotzig. Man solle ihn einfach in Ruhe lassen, er müsse nur wieder Arbeit finden. Dann würde sich auch seine Laune wieder bessern. Aber es war natürlich schwierig, eine zu finden, wenn man nicht suchte. Frank war in einer Art Vogel-Strauß-Mentalität gefangen. Eine Psychologin, der Nina später einmal die letzten Monate ihrer Beziehung mit Frank schilderte, vermutete schließlich, dass seine Depressionen so schlimm gewesen sein mussten, dass er selbst schon nicht mehr erkenntnis- oder handlungsfähig war.

Eigentlich hätte er gegen seinen Willen in eine Klinik gemusst. Aber das war natürlich nicht zu machen. Stattdessen hatte Nina selber angefangen, an dieser Beziehung zu verzweifeln. Sie fühlte sich hilflos und wütend zugleich. Wohin war ihr Mann verschwunden?

An guten Tagen erntete sie mal ein Lächeln oder einen zärtlichen Kuss im Vorübergehen. Aber von der Leidenschaft und der einstigen, glühenden Liebe, die er ihr früher tagtäglich hatte zeigen können, war nichts geblieben. Von gemeinsamen Aktivitäten oder körperlicher Liebe ganz zu schweigen.

Am Ende musste sie feststellen, wie sehr auch sie sich in gleichem Maße von ihm entfernt hatte, wie er sich von sich selbst. Die Tage häuften sich, an denen sie sich nicht mehr an jene Gefühle erinnern konnte, die sie einst für Frank gehabt hatte. Nach der Trennung hatte sie alles weggeworfen, was an ihn erinnerte. Bis auf ein einziges Foto, das sie jedoch tief in einem Karton verstaute, in dem sich alle möglichen Dinge befanden, die man nur alle Jubeljahre einmal heraus holte. Es war ein Bild von Frank aus der Zeit, kurz nachdem sie sich kennengelernt hatten. Auf diesem Bild lächelte er sie an. Es war ein ganz besonderes Lächeln. Ein Lächeln, das aus den Augen kam und in dem überdeutlich eine inspirierende Mischung aus Selbstzufriedenheit, eine vollständige innere Ausgeglichenheit und ein damit verbundenes, tief empfundenes Glücksgefühl lag.

Wie das Lächeln von Sean Brannon auf dem Titelbild der »Psychologie Heute«. Am Ende war Frank nicht mehr wieder zu erkennen. Sein Wesen hatte sich durch die Depression so extrem gewandelt, dass von diesem inneren Lächeln in seinen Augen, von dieser ruhigen Gewissheit, im Zentrum des vollkommenen Glücks zu leben, nichts mehr übrig war.

Nina hatte sich nun in den Kopf gesetzt, dieses Lächeln in Irland zu finden. Sie hatte weder vor, sich erneut in ein solches Lächeln zu verlieben, noch hatte sie sich bereits verliebt. Außerdem stand in der Zeitschrift, dass Sean Brannon glücklich verheiratet sei. Aber sie wollte ihn persönlich treffen und mit ihm reden. Dieser Mann hatte sich, aus welchen Gründen auch immer, privat mit der Frage auseinander gesetzt, was die Liebe sei. Er solle ihr sagen, warum und wohin sie verschwinden kann. Er solle ihr sagen, wo genau in einem Menschen, der so gelassen und glücklich in sich selber ruht, wie er es offensichtlich tat oder wie Frank es getan hatte, wo in einem solchen Menschen der Punkt ist, an dem das Ganze kippt. Wenn es die Liebe ist, die einen Menschen auf diese Weise lächeln lässt, wo ist ihre Achillesferse? Was ist passiert? Und vor allem wollte sie wissen, ob und wie man in diesen Zustand zurückkehren kann. Wie man ihn überhaupt erreichen kann. Sie jedenfalls konnte sich nicht erinnern, jemals so gelächelt zu haben oder auch nur ansatzweise eine solch innere Ruhe empfunden zu haben, aus der heraus ein solches Lächeln nach oben kommt. Sie hatte all ihr Leben das Gefühl gehabt, getrieben zu sein, nicht ruhen zu können. Vorwärts.

Immer weiter.

Wenn sie in keiner Beziehung lebte, war sie unglücklich. Dann tendierte sie dazu, sich auch in Kompromisse zu verlieben, die nie lange hielten. Erst recht dann nicht, wenn sie versuchte, jene Seiten ihres neuen Partners, die der Kompromiss gewesen waren, zu ändern. Und selbst, wenn eine Beziehung länger andauerte, fühlte sie sich mit erstaunlich verlässlicher Regelmäßigkeit nach ein paar Jahren fade und irgendwie erkaltet an. Das war meist die Phase, in der sie sich neu verliebte. Nicht ruhen. Etwas fehlt noch.

Weiter. Immer weiter.

Nein, sie selbst hat nie so gelächelt wie Frank oder dieser irische Mistkerl auf dem Titelbild.

Ist Kolbe mit einem solchen Lächeln gestorben?

Bevor die S-Bahn den Flughafen erreichte, hatte sie in ihrem Smartphone nachgesehen, ob und wann ein Flug nach Dublin ging. Die nächste Maschine der »Aer Lingus« nach Dublin startete in anderthalb Stunden. Der Flug selber benötigte nur etwas mehr als eine Stunde, und da die Uhr in Irland eine Stunde zurückgestellt werden musste, würde sie um 14 Uhr Ortszeit in Dublin sein. Das sollte früh genug sein, um am Abend noch Donegal Town zu erreichen. Am Flughafen steuerte Nina den Schalter von »Aer Lingus« an und hatte Glück. Es gab noch Tickets. Sie kaufte nur eins für den Hinflug, weil sie zum jetzigen Zeitpunkt noch nicht wusste, wie lange sie bleiben würde. Dann checkte sie ein und überbrückte die Wartezeit bis zum Abflug, im Internet herauszufinden, wie sie von Dublin nach Donegal Town gelangen konnte. Am Dubliner Flughafen fuhr ein Linienbus in die City, und zwar direkt zum zentralen Busbahnhof, von dem aus auch die Überlandbusse von »Bus Éireann« fuhren. Sie fand heraus, dass sie um 15.30 Uhr die Linie 30 nehmen musste, dann würde sie Donegal Town um 19.20 Uhr erreichen. Perfekt.

Außerdem suchte sie noch nach einem Hotel, und sie warf einen Blick auf die Seite der Abbey Vocational School, konnte aber kein Lehrerverzeichnis finden. Kurze Zeit später saß sie in einem Flugzeug nach Irland. Sie hatte einen Fensterplatz bekommen. Die Maschine war höchstens zu 70% belegt. Auf den Platz neben ihr hatte sich ein Mann hingesetzt, den sie auf Mitte oder Ende Fünfzig schätzte. Seine Haut war blassrot, während sein gescheiteltes Haar, welches über die ersten kahlen Stellen gekämmt war, ins Gelbliche tendierte. Er trug eine dunkelbraune Cordhose und darüber einen beigefarbenen Pullover mit V-Ausschnitt. Eine Cordhose hatte Nina schon seit Jahren nicht mehr gesehen. War dieser Mann aus der Zeit gefallen?

»Müssen Sie auch nach Dublin?«, sprach er sie unvermittelt an. Was war das denn für eine Frage? Er sitzt in einem Flugzeug nach Dublin, dachte sie.

»Ich meinte, oder müssen Sie noch woanders hin?«, ergänzte er seine Frage, deren Sinnlosigkeit ihm wohl selbst aufgefallen war. Aber statt ihre Antwort abzuwarten, beantwortete er selbst eine Frage, die Nina gar nicht gestellt hatte, so als habe er sowieso ein Recht darauf, sie gestellt zu bekommen.

»Ich besuche meine Tochter in Dublin. Sie studiert dort. Meine Frau ist schon vor einigen Jahren gestorben, und seit auch Susanne aus dem Haus ist, um in Dublin zu studieren, ist es doch sehr ruhig geworden, verstehen Sie? Jetzt gehe ich sie für eine Woche besuchen. Ich meine, sie wohnt ja in so einem Studentenheim, also musste ich mir ein Hotel suchen, aber wissen Sie was? Egal! Ich freue mich auf jeden Fall darauf, sie zu sehen. Sie ist jetzt schon ein halbes Jahr dort, wissen Sie? Sie studiert Amerikanistik.«

Nina starrte ihn an. Glaubte er, eine alte Freundin getroffen zu haben, und nur sie konnte sich beim besten Willen nicht an die gemeinsamen vergangenen Jahre erinnern?

»Also?«, unterbrach er ihr Schweigen.

»Also, was?«, kam es nur von ihr zurück.

»Na, was machen Sie in Irland? Besuchen Sie auch jemanden, oder wollen Sie sich nur das Land ansehen? Ist ein schönes Land, so wie man hört. Ich selbst war auch noch nie dort. Und Sie? Waren Sie schon öfter in Irland?« Nina hatte ganz und gar keine Lust auf diese Unterhaltung und eigentlich noch nicht einmal auf diese Sitznachbarschaft. Sie antwortete ihm, dass sie im Landesinneren ebenfalls jemanden besuchen wolle und daher von Dublin aus direkt mit dem Fernbus weiterfahren müsse. Sie antwortete ihm mit einem außergewöhnlich freundlichen Tonfall in der naiven Hoffnung, ihn damit zufrieden zu stellen und dann wieder los zu sein.

»Dann müssen Sie ja vom Flughafen aus zum zentralen Busbahnhof in der Innenstadt. Da muss ich auch hin, hat mir meine Tochter geschrieben. Wissen Sie was? Es ist so nett, auf Reisen sympathische Bekanntschaften zu machen. Wir könnten uns am Flughafen zusammen ein Taxi teilen, was meinen Sie? Ich heiße Berger, Peter Berger.«

Und dann streckte er ihr seine blass-rote, schwitzende Hand entgegen. Nina ignorierte die Geste, indem sie vorgab, etwas in ihrem kleinen Rucksack zu suchen und antwortete, immer noch freundlich, aber verbindlich: »Das ist ein nettes Angebot, aber seien Sie mir nicht böse. Ich nehme lieber den Bus. Danke.«

In dem Moment beschleunigte die Maschine auf der Startbahn und hob kurz darauf vom Boden ab. Während des Steigfluges krallte sich Peter Berger an seine Armlehnen, und aus einem blass-roten Gesicht wurde ein rotes.

»Sie fliegen zum ersten Mal?«

Nina konnte sich einen gewissen, neckenden Unterton diesmal nicht verkneifen. Peter Berger nickte nur einmal kurz mit dem Kopf. Nina drehte den ihren jetzt zum Fenster und beobachtete, wie die Maschine durch die Wolkendecke stieß, um dann die Nase zu senken und ruhig über den weißen

Teppich aus hügeligem Puderzucker dahinzugleiten, gleißend angestrahlt vom ungestörten Sonnenlicht.

Nina griff erneut in ihren Rucksack, holte die Zeitschrift wieder hervor, ebenso wie ihre Kopfhörer. Sie schaltete die Musik ein und Peter Berger damit aus. Dann setzte sie ihre Lektüre an der Stelle fort, an der sie sie im Café unterbrochen hatte:

Wenn ich meine Mitmenschen danach befrage, was für sie die Liebe ist, dann lautet die mit Abstand häufigste Antwort, sie sei die höchste oder extremste Form von Sympathie. Die Sympathie ist für sie so eine Art Karriereleiter der Zuneigung, ganz nach dem Motto:
Ich finde Dich sympathisch.
Ich finde Dich nett.
Ich mag Dich.
Ich habe Dich gern.
Ich habe Dich lieb.
Ich liebe Dich.

Unsere Wahrnehmung lässt uns die Liebe tatsächlich als ein Gefühl erscheinen. Ich glaube, das ist sie nicht. Ich will versuchen zu zeigen, dass die Liebe kein Gefühl, sondern ein Bewusstseinszustand ist, eine innere Einstellung. Die Liebe kann zwar Gefühle in uns erzeugen, aber sie selbst ist keines. Um das zu zeigen, möchte ich die Liebe zunächst vom Verliebtsein, dann von den Gefühlen im Allgemeinen und von der Sympathie im Besonderen abgrenzen. Beginnen wir mit dem Verliebtsein. Jenes ist tatsächlich ein Gefühl, nämlich ein hormonell bedingter Zustand. Der spanische Dichter und Philosoph Ortega Y Gasset verglich das Verliebtsein mit der Hypnose. Da ist was dran. Wer, der nicht schon einmal verliebt gewesen ist, kennt ihn nicht, diesen totalen Tunnelblick, die vollständige Gefangenschaft der Aufmerksamkeit für jenes

Subjekt, in das wir verliebt sind?
Verliebtsein ist eine von Hormonen hervorgerufene Besessenheit. Eine Phase vorübergehender geistiger Unzurechnungsfähigkeit, die aber ihren natürlichen und evolutionären Sinn erfüllt, weil sie ziemlich genau so lange anhält, bis alles Notwendige für die Fortpflanzung, d.h. für die Arterhaltung in die Wege geleitet wurde. Oft wird angenommen, die Liebe ginge aus der Verliebtheit hervor, sie sei gleichsam ihre Fortsetzung. Das ist sie nicht. Verliebtheit und Liebe sind weder miteinander verwandt, noch geht die eine aus der anderen hervor. Im Zustand der Verliebtheit ist das Bewusstsein extrem eingeengt und beschränkt, während es im Zustand der Liebe weit geöffnet ist. Wenn, dann ist die Liebe vielmehr die Befreiung aus der Verliebtheit, nicht jedoch ihre Fortsetzung.

So hatte Nina das noch nie gesehen. Sie war schon oft verliebt und auch davon überzeugt, dass das die Liebe sei oder zumindest deren Initialzündung. Aber meistens klang dieses überschwappende Glücksgefühl nach einiger Zeit wieder ab. Darauf, dass dieses Gefühl für immer bleibt oder sich wenigstens immer wiederholt, wartete sie stets vergeblich, und irgendwann plätscherten ihre Beziehungen durch den eintönigen Fluss des Alltags, bis Nina dann eine Abzweigung nutzte, um in ein anderes Gewässer zu wechseln, in dem die Strömung und die Wellen wieder heftiger und aufregender waren.

Gefühle sind nichts anderes als hormonelle Reaktionsmuster des Körpers. In der Psychologie gehen die Fachleute davon aus, dass es so genannte Grundgefühle gibt. Dazu gehören Freude, Schmerz, Angst, Ekel, Trauer, Erstaunen und Wut. Versuchen Sie nicht, sie in gute und schlechte Gefühle zu unterscheiden. Sie alle sind insofern gut, weil sie überlebensnotwendig sind. Wir brauchen die Angst, um vor der Gefahr wegzulaufen. Wir brauchen den Schmerz, um unsere Hand von der Herdplatte auch wieder herunter zu nehmen. Wir brauchen den Ekel, um giftige oder faulende Nahrung zu meiden. Und wir brauchen die Wut (kein Sammelbegriff für Zorn, sondern für Wille und Handlungsenergie), um morgens überhaupt aufzustehen und auf die Jagd zu gehen oder uns zu verteidigen.

Gefühle sind ebenso biologisch notwendige Werkzeuge, wie unsere körperlich-motorischen oder unsere intellektuellen Werkzeuge. Es sind hormonell hervorgerufene körperliche Zustände, die wir auch in einer nicht-göttlichen Naturwelt hätten. Die Liebe wird von den Psychologen zwar auch zu diesen Grundgefühlen gezählt, aber ich bin davon überzeugt, dass sie sich darin irren. Da nämlich die Verliebtheit nicht mit aufgezählt wird, sollten wir davon ausgehen, dass die Psychologen eigentlich die Verliebtheit meinen und diese lediglich mit dem Wort »Liebe« falsch bezeichnen.

Die Liebe ist kein Gefühl. Dafür gibt es zwei gute Gründe. Erstens ist sie in der Lage, unseren Trieben zuwider zu handeln, was unsere Gefühle nicht tun. Zweitens sind Gefühle hormonelle Reaktionsmuster unseres Körpers auf Impulse von außen. Wir können weder Angst, noch Schmerz, noch Ekel, noch Trauer, noch Freude in uns willentlich erzeugen.

Für Gefühle brauchen wir einen äußeren Impuls. Wir können uns zwar etwas Trauriges oder etwas Ekliges vorstellen, aber diese Vorstellung beruht auf Erinnerungen, auf etwas, was wir schon kennen. Insofern rufen wir nicht das Gefühl künstlich hervor, sondern wir erschaffen uns in unserer Fantasie einen künstlichen äußeren Impuls.

Es bedarf stets eines äußeren Impulses, um jene Hormone auszuschütten, die Gefühle wie Freude, Angst oder Ekel hervorrufen. Wir können uns nicht entscheiden zu trauern.

Wir trauern, oder wir tun es nicht. Wir können uns nicht dafür entscheiden, Angst zu haben. Wir ängstigen uns, oder wir tun es nicht. Wir können uns nicht dafür entscheiden, überrascht zu sein. Wir sind überrascht, oder wir sind es nicht.

Wir können zwar aufkommende Gefühle wie Angst oder Schmerz willentlich unterdrücken, jedoch können wir uns nicht dafür entscheiden, sie zu haben. Aber wir können uns entscheiden zu lieben. Das unterscheidet die Liebe von jedem anderen Gefühl. Weil sie kein Gefühl ist, sondern eine Entscheidung.

Wenn ich mich einfach dafür entscheiden könnte, diesen Peter Berger zu lieben, dann will ich mit der Liebe auch nichts mehr zu tun haben, dachte Nina. Man kann sich nicht entscheiden zu lieben, dachte sie, man liebt, oder man tut es nicht. Ihrer Erfahrung nach waren es ihre Männer, die sie zum Lieben gebracht hatten. Durch ihr Aussehen oder durch die Art, wie sie waren, durch ihren Humor, ihre Zärtlichkeit oder auch ihre Leidenschaft. Und sie war sich sicher, niemals geliebt zu haben, ohne vorher verliebt gewesen zu sein.

Wäre die Liebe ein Gefühl, dann wäre sie eine reine Reaktion und als solche abhängig von äußeren Impulsen. Das wäre ein Armutszeugnis für jenen Zustand, der häufiger und intensiver besungen und besprochen wurde, als jeder andere in der gesamten Menschheitsgeschichte. Wäre die Liebe nur ein hormonelles Reaktionsmuster, abhängig von äußeren Impulsen, würde man nicht so viel Aufhebens um sie machen, und die Auseinandersetzung mit ihr wäre abgeschlossen gewesen, lange bevor Shakespeare überhaupt geboren wurde.
Nein, die Liebe ist kein Gefühl. Sympathie ist ein Gefühl. Wenn wir sagen, ein bestimmter Mensch sei uns

sympathisch, so sagen wir damit, dass er uns gefällt. Etwas an ihm spricht uns an. Sein Aussehen, seine Stimme, seine Art sich zu bewegen, sein Humor, seine Ansichten oder sein Sozialverhalten. Was auch immer es ist, es spricht uns an und ruft die Gefühlsreaktion »Sympathie« hervor. Und das hat etwas mit uns zu tun, mit unserem Geschmack, mit unseren Präferenzen. Dieser Mensch bedient sie.

Was wir tatsächlich sympathisch finden, ist die Deckungsgleichheit eines äußeren Impulses mit unseren Bedürfnissen. Wir genießen uns selbst.

Aber in der irrigen Annahme, Liebe sei extreme Sympathie, steckt Konfliktpotential. Denn dann ist sie abhängig von diesem äußeren Impuls, der die Sympathie hervorgerufen hat. Wäre die Liebe also die höchste Form der Sympathie, wäre ihr Überleben davon abhängig, dass der geliebte Mensch so bleibt, wie er ist. Das allerdings ist etwas, das wir nicht wirklich beeinflussen können, obwohl viele Paare es immer wieder versuchen.

Gegenseitige Sympathiebeziehungen sind Spiegel- und Projektionsbeziehungen. Für viele Menschen scheint das auch für die Liebe zu gelten. Sie reagieren sensibel auf mögliche Veränderungen des Partners und bemühen sich ihrerseits, sich selbst nicht von jenem Bild zu entfernen, in das der andere sich verliebt hat. Sie fürchten, ihn zu verlieren, wenn sie sich selbst verändern. Solche Beziehungen fallen der Stagnation anheim. Das Fundament dieser Beziehungen besteht aus der Erfüllung der eigenen Vorstellungen durch den Partner. Eine Folge des in uns angelegten Selbsterhaltungstriebes, der uns dazu treibt, nach eigenen Vorteilen zu streben.

Verändert sich der Partner in einer Weise, die unseren Präferenzen nicht mehr entspricht, so zeitigt dieses Geschehen in aller Regel immer wieder diese zwei zu beobachtenden Konsequenzen: Die Liebe wird als erloschen empfunden, und die Beziehung wird beendet. Oder die Partner versuchen, den alten Status Quo wieder herzustellen und am besten auf Dauer mit Vereinbarungen festzuschreiben.

Aber wie heißt es so schön? Nur wer sich verändert, bleibt sich treu. Wir sind spirituelle Wesen, wir wollen uns verändern. Wir wollen uns selbst entdecken und erfahren. Im Zustand der Liebe akzeptieren und begrüßen wir das, und wir begrüßen auch das Streben unseres Partners nach Veränderung. Wir wünschen uns, dass er sich verändert und trachten nicht danach, dies zu verhindern.

3

Nina war in Dublin gelandet und saß nun in einem Überlandbus von »Bus Éireann«. Dieser fuhr aus Dublin heraus und dann durch kleinere Städte und Dörfer. Nina saß am Fenster und ließ die fremde, irische Welt an sich vorbei ziehen. Immer mal wieder fielen ihr Palmen auf, exotisch aussehende Palmen. Frank hatte das einmal erwähnt. Bevor er sie kennenlernte, hatte er bereits einen Urlaub in Irland hinter sich, und er berichtete davon, dass wegen des vom Golfstrom beeinflussten milden Klimas in Irland Palmen wachsen. Sie akzeptierte die Erklärung, aber seltsam fühlte es sich dennoch an. Sie dachte erneut an die letzten Wochen mit Frank zurück. Sie hatte Johannes kennengelernt, und plötzlich zog in die Trümmer ihres Daseins wieder Farbe und Hoffnung ein. Es war, als hätte sie in einem Gefängnis einen geheimen Ausgang entdeckt, hinter dem die Sonne schien. Das Gefühl, das sie glaubte verloren zu haben, kehrte zurück.

Allerdings galt es nun Johannes.

Sie nahm dann all ihren Mut zusammen und führte mit Frank ein ruhiges Gespräch. Sie schilderte ihm einmal zusammenhängend, wie sehr sie im letzten Jahr gelitten hatte. Es käme ihr so vor, als habe sie sowohl ihn als auch ihre Gefühle verloren. Noch aber empfand sie eine gewisse Loyalität ihrem Eheversprechen gegenüber, sie beabsichtige daher nicht, ihn zu verlassen. Sie wüsste genau, dass sie ihn geheiratet habe, weil er ihr Mann sei. Aber trotz der einstigen Intensität ihrer Verbindung könne es so nicht weiter gehen. Er müsse an sich arbeiten und ins Leben zurückkehren. Sie dagegen müsse ihre Gefühle für ihn wiederfinden.

Und dann sagte sie es.

Sie bräuchte erst einmal Abstand, um sich ihm wieder annähern zu können. Sie wollte nicht mehr, dass er nachts in ihr Bett käme. Sie bat ihn, vorerst auf dem Sofa zu übernachten. Sie erklärte ihm, dass ihre verbliebene Energie und Kraft nicht ausreichten, um die Beziehung mit ihm noch lange fortzusetzen, wenn sich nichts ändere. Sie erzählte ihm von Johannes, und dass sie beabsichtige, ab und zu mit ihm auszugehen und auch mit ihm zu schlafen. Sie habe ihre ganze Lebensfreude eingebüßt, und Johannes sei in der Lage, sie ihr zurückzugeben. Das würde sie brauchen, um die Kraft aufzubringen, gemeinsam mit ihm aus dieser Krise zu kommen, sofern auch er anfange, an sich zu arbeiten. Sie erklärte Frank, dass ihr nichts ferner lag, als ihn heimlich hinter seinem Rücken zu betrügen. Sie bat ihn daher, die Abende mit Johannes zu tolerieren, damit es für sie beide eine Chance geben könne. Dieses Gespräch zu suchen und zu führen, stellte sich als goldrichtig heraus.

Frank geriet in Panik.

Allerdings in eine konstruktive Panik. Er weinte und flehte sie an, ihm seine bisherige Blindheit und den damit verbundenen Egoismus zu verzeihen, ihm eine Chance zu geben, wieder der Alte zu werden. Und er begann tatsächlich damit, sein Verhalten zu überprüfen und es zu verändern. Er fing an, Sport zu treiben. Nicht nur, um seinen ehemaligen Fitnesszustand wieder zu erreichen, sondern um über ein besseres Körpergefühl in einen stabileren mentalen Zustand zu kommen. Er suchte nach Nähe und Zärtlichkeit, auch wenn er Ninas Bitte respektierte und im Wohnzimmer schlief. Er stellte seinen Tagesrhythmus wieder um und nahm ihr plötzlich den Großteil der Hausarbeit ab. Und mit all dem bewirkte er etwas, womit Nina nicht gerechnet hatte. Sein Erwachen aus der in sich gekehrten Dämmerung, in der er seit gut anderthalb Jahren lebte, unterstützte und förderte das Gefühl in Nina, dass sich jetzt ganz grundlegend etwas in ihrem Leben veränderte. Dass ihr Leben in einen neuen Abschnitt einschwenkte. In ein neues Gewässer. Raus aus dem abgestorbenen Tümpel, hinein in einen lebendigen Fluss, in dem Strömung und Wellen wieder heftiger waren. Raus aus der hilflosen Verzweiflung der letzten Monate, hinein in ein neues Leben, in dem Liebe, Nähe, Hoffnung und Leidenschaft ihr Gefühl bestimmten.

Nur dass sie dieses Gefühl mit Johannes verknüpfte.

Während also Franks Erwachen eben diese Aufbruchstimmung in ihr förderte, machte er ihr gleichzeitig Angst. Davor, dass er es schaffen könnte, sein Tal zu verlassen und wieder der alte, vitale Frank zu werden. Diese Vorstellung bedrohte sie irgendwie. Es gefährdete ihr neues Lebensglück mit Johannes. Es kam ihr so vor, als müsse sie es dann wieder hergeben, als müsse sie von der bunten, blühenden und der Sonne überfluteten Wiese, die sie hinter der aus ihrem Gefängnis führenden Geheimtür gefunden hatte, zurückkehren. Zurück in die Dämmerung. Und sie klammerte sich an diese Angst. Sie klammerte sich fortan an die Stunden und Nächte mit Johannes. Ihre törichte Erwartung, das Glück und die Energie, mit der diese Stunden ihr ausgetrocknetes inneres Fass wieder füllten, würden ihr die notwendige Kraft geben, sich Frank wieder zuzuwenden, erfüllte sich nicht. Das spürte sie von Tag zu Tag, von Woche zu Woche mehr.

Irgendwann wusste sie, dass der Zug für Frank abgefahren war, und sie begann damit, die Morgenstunden zu hassen, in denen sie nach einer Nacht bei Johannes nach Hause kam und schon von Weitem sah, dass Frank am Wohnzimmerfenster stand und mit einer sie bedrängenden

Sehnsucht auf sie wartete. Er fragte nie, wie ihre Nacht gewesen war oder was sie gemacht hatte. Ihn interessierte stets nur, ob die Art und Weise, wie Nina die derzeitige Phase ihrer Beziehung handhabe, auch wirklich dazu dienen wird, ihre Gefühle für ihn wiederzufinden. Oder ob sie sich in Wahrheit nicht doch von ihm trennen wolle. Nina wich solchen Diskussionen immer öfter aus. Sie spürte, dass ihre Idee, sich mit der neuen, durch Johannes empfangenen Energie Frank wieder zuwenden zu können, Schnee von gestern war. Aber sie war nicht in der Lage, es Frank zu gestehen. Sie hatte Angst davor. Vielleicht war es die Angst, Frank könne dann erneut in ein tiefes Loch fallen, vielleicht war es aber auch die Angst davor, sich selbst einzugestehen, dass ihre Gefühle für Frank tatsächlich gestorben waren und nicht mehr zurückkehren würden. Sie konnte es nicht sagen.

Auf jeden Fall hatte sie Angst vor der entscheidenden Konfrontation. Davor, unwiderruflich Stellung beziehen zu müssen und damit eine Situation herauf zu beschwören, die nicht mehr rückgängig zu machen sei. Die Tatsache, dass sie auch Franks Angst spürte, sie zu verlieren, machte es nur noch schlimmer. Die ganze Situation war inzwischen verfahren, und sie schob ihre Entscheidung, was genau nun wie zu tun sei, vor sich her. Sie ging Diskussionen mit Frank mehr und mehr aus dem Weg. Meist, indem sie ihm versicherte, er müsse sich keine Sorgen machen. Sie bräuchte den Abstand, der zwischen ihnen mit jeder dieser Versicherungen größer und größer wurde, um letztendlich zu ihm zurückzufinden. Er solle ihr keine Trennungsabsicht unterstellen, die sie nicht habe, und je öfter er sie damit bedränge, desto schwieriger sei es für sie. Sie wusste, dass sie irgendwann einmal eine endgültige Entscheidung treffen musste. Aber noch fehlte ihr der Mut dazu, und sie erlaubte es sich selbst, sich die notwendige Zeit dafür zu nehmen.

Natürlich litt Frank immer noch unter seinen Depressionen, auch wenn er sich redlich bemühte, sie zu überwinden. Und der Kampf um Nina war sicher eine zusätzliche Belastung für ihn. Er musste eine ungeheure Doppelbelastung aushalten, einerseits der Kampf um seine Ehe und andererseits der Kampf gegen seine Depressionen.

Vielleicht, dachte sie, würde diese Doppelbelastung dazu führen, dass ihr die anstehende Konfrontation erspart bliebe.

Der Bus bog am Ende eines kleinen Städtchens auf eine Landstraße und fuhr wieder durch Wiesen und Felder. Dabei passierte er einen größeren Friedhof, der etwas außerhalb des Städtchens lag. Die Älteren der zumeist irischen Fahrgäste sahen zu ihm hinüber und bekreuzigten sich. Aber als der Friedhof aus dem Blickfeld verschwunden war, begannen zwei junge Männer vorne im Bus damit, ein Lied anzustimmen, in das noch weitere Fahrgäste einstimmten. Obwohl Irland, von Deutschland aus gesehen, nicht gerade am Ende der Welt lag, so war doch so vieles so anders hier. Das religiöse, vor allem katholische Empfinden war in den Menschen viel tiefer verwurzelt. Auch fühlte es sich für Nina komisch an, dass der Bus durch Stadt und Land auf der linken Seite fuhr und der Gegenverkehr rechts an ihnen vorbei brauste. Und dass einige in einem öffentlichen Bus mit wildfremden Menschen um sie herum völlig unbekümmert sangen, erschien ihr in einem deutschen Bus undenkbar.

In Cavan, einer Kleinstadt auf halber Strecke, legte der Fahrer eine kleine Pause ein. Er parkte den Bus auf einem eigens für »Bus Éireann« gekennzeichneten Parkplatz vor Dinkin´s Home Bakery & Café, so etwas wie eine kleine

Raststätte, in der die Passagiere einen Kaffee trinken oder ein Stück Kuchen essen konnten. Auch Nina stieg aus und betrat den länglichen Verkaufsraum. Sie bestellte sich einen Kaffee und setzte sich an einen der Tische. Einige ihrer Mitreisenden blieben draußen stehen, um die Pause für eine Zigarette zu nutzen, aber die meisten anderen taten es ihr gleich. Sie stärkten sich mit einem Tee oder einem Kaffee, einige bestellten sogar ein Stück Kuchen, das sie dazu verzehrten. Zwei Tische vor ihr saß ein Pärchen, das nicht zu den Reisenden im Bus gehörte, und da kein anderer Reisebus vor dieser kleinen Raststätte parkte, musste es sich bei der Frau und dem Mann um Einheimische von Cavan handeln. Wie nannte man sie? Cavaner? Cavanesen? Cavanenser?

Nina lachte in sich hinein. Sie dachte sich weitere verrückte Bezeichnungen aus, die mit Sicherheit nicht zutrafen, aber immer lustiger wurden. Ihre Laune besserte sich, und sie sah aus einem der Fenster auf den davor gelegenen Kreisverkehr, um die Atmosphäre der fremden Gegend aufzunehmen. An den Straßen standen kleine, lediglich zweistöckige Häuschen. Das Straßenbild war bunt und farbenfroh. Die Fassaden hatten entweder einen gelben, einen hellblauen oder einen grünen Anstrich, einige davon sogar rot eingerahmt oder in Parterre zusätzlich dunkelgrün abgesetzt. In jedem zweiten dieser Häuschen war ein Pub oder eine Bar. Genauso hatte sie sich Irland vorgestellt. Es war trocken und überraschend warm.

Sie beobachtete wieder das Pärchen am übernächsten Tisch. Die Frau, die mit dem Rücken zu ihr saß, dürfte ungefähr in ihrem eigenen Alter sein. Den Mann schätzte sie ein paar Jahre älter ein, vielleicht 44 oder 45 Jahre alt. Sie hielten Händchen, während sie ihren Tee tranken und sich unterhielten. Ab und zu beugten sie sich vor, um sich zu küssen. Und dabei musste Nina unwillkürlich ihren Blick abwenden, denn obwohl die Frau durchschnittlich attraktiv erschien, bestach ihr Mann durch eine außergewöhnliche Hässlichkeit. Er war untersetzt, und sein Gesicht war von rötlichen Pickeln oder Flecken gezeichnet. Dazu hing eines seiner Augenlider etwas herunter, und er hatte ziemlich schiefe Zähne. Aber da sich die beiden in den letzten Minuten schon dreimal geküsst hatten, schien sein Aussehen seiner Frau nichts auszumachen. Als die beiden ihre Tassen geleert hatten, stand der Mann auf, umkurvte den Tisch und half seiner Frau, ebenfalls aufzustehen. Jetzt konnte Nina zum ersten Mal ihr Gesicht sehen. Im Gegensatz zu ihm, sah sie recht gut aus. Ihre Haut war rein und hatte eine gesunde Farbe, sie hatte volle, verführerische Lippen, eine hübsche, von einem Fön leicht gewellte Frisur und trug eine dunkle Brille. Ihr Mann reichte ihr einen Stock mit einer Tastkugel am unteren Ende, der die ganze Zeit an der Tischkante gelehnt hatte und der Nina bis dahin nicht aufgefallen war. Dann verließen die beiden den Schankraum, wobei er ihre Hand hielt und sie den Raum vor sich mit einem ständigen Schwenken des Stockes kontrollierte.

Nina dachte an die innigen Küsse, die sie ausgetauscht hatten, und dabei schoss ihr unvermittelt ein Gedanke in den Kopf. Sie ohrfeigte sich selbst für diesen Gedanken, aber dieser war zu schnell, als dass sie ihn hätte unterdrücken können.

Wie gut für sie, dass sie blind ist.

Zurück im Bus nahm sie ihren Platz wieder ein und ließ die bunten Häuser an sich vorbeiziehen, während sie aus Cavan hinausfuhren und die Reise nach Norden fortsetzten. Donegal County ist die nördlichste Provinz der Republik

Irland. Auf dem Weg dorthin fuhren sie auch an der Grenze zu Nordirland entlang, und Nina sah mit Erstaunen die Grenzbefestigungen aus hohen Stacheldrahtrollen, schweren Schranken vor den Schleusen und schusssicheren Wachtürmen, von denen aus man die Weite des Landes überblicken konnte. So wiederum hatte sie sich Irland nicht vorgestellt. So stellte sie sich die Grenze am Gaza-Streifen vor. Sie lehnte sich gemütlich in ihren Sitz zurück, fischte die Zeitschrift aus ihrem Rucksack und setzte ihre Lektüre des Aufsatzes fort, wozu sie seit der Landung nicht mehr gekommen war.

Das für mich Faszinierende an der Liebe ist also, dass sie mit den reinen Naturgesetzen nicht zu erklären ist. Sie bringt den Liebenden dazu, völlig gegenleistungsfrei schenken zu wollen, was, insbesondere im Falle eines Opfertodes, mit den natürlichen Grundtrieben nicht erklärbar ist.

Außerdem ist sie kein Gefühl, da sie hormonell unabhängig entsteht und auch keine Reaktion auf einen äußeren Impuls ist, sondern ein agierender, aktiver, aus sich selbst heraus erzeugter Zustand ist. Was also hat es mit dem Phänomen Liebe auf sich?

Nähern wir uns der Antwort auf diese Frage mit der Betrachtung, was es denn genau bedeutet, sich selbst zu lieben. Auch die Selbstliebe ist abzugrenzen von der Selbstverliebtheit oder der empfundenen Sympathie für sich selbst. Ein wahrhaft sich selbst liebender Mensch stellt sich der Gesamtheit seines Seins. Im Zustand der Liebe erhebt er sich über die bewertenden Grenzen seiner Sympathie und nimmt gegenüber sich selbst einen von Bewertungen unabhängigen Standpunkt ein. Damit ist er sich selbst in einem anderen, viel weiter gefassten Maße bewusst. Dieser Bewusstseinszustand zeichnet sich dadurch aus, dass der eigene Bewertungsrahmen für Sympathie bis zur Bedeutungslosigkeit verblasst.

Denn die Liebe bewertet nicht. Es ist etwas anderes, was sie bewegt und treibt. Um das zu verdeutlichen, lassen Sie mich schildern, was es denn meines Erachtens wirklich bedeutet, sich selbst zu lieben:

Der sich selbst Liebende

nimmt und erkennt seine eigene Existenz als berechtigt an,

interessiert sich für sich selbst und möchte sich gerne immer besser kennen und verstehen lernen,

nimmt das, was er dabei in sich entdeckt, ebenso bejahend an und

strebt dann danach, sich selbst zu verwirklichen.

Im Wesentlichen geht es in der Liebe um Neugierde, Erkenntnis, Annahme und Verwirklichung.

Und wenn dieser Prozess aus einem echten inneren Streben heraus erfolgt und sein Fortgang glücklich macht, dann ist es Liebe. Es geht darum, die ungeheure Fülle des eigenen Seins zu entdecken und diese Fülle dann Wirklichkeit werden zu lassen, jene bisher nur als Potential angelegten Möglichkeiten erfahrbar, spürbar, fühlbar zu machen.

Liebe ist der Genuss am Werden.

An dieser Stelle erscheint mir ein kleiner Einschub wichtig. Da Erkenntnis ein wesentlicher Bestandteil der Liebe ist, möchte ich für meine spätere Argumentation darauf hinweisen, dass Erkenntnis nur durch Vergleich möglich ist.

Wir leben in einer bipolaren Welt, also in einer Welt der Gegensätzlichkeit. Hell und Dunkel. Warm und Kalt. Gut und Böse. Du und ich.

Wenn es beispielsweise nur die Farbe Rot gäbe, würden wir diese Farbe nicht erkennen. Rot tritt nur dann in eine eigene, wahrnehmbare Existenz, wenn Rot sich von anderen Farben unterscheiden kann. Wir glauben, wir könnten nur das lieben, was uns in irgendeiner Weise im übertragenen Sinne als schön erscheint. Aber mit der Schönheit ist es wie mit der Farbe Rot. Die schönen Dinge des Lebens sind nur wahrnehmbar, wenn wir die unschönen Dinge kennen. Schönes Wetter ist nur deshalb ein Genuss, weil wir wissen, wie schlechtes Wetter ist.

Aber im Zustand der Liebe erheben wir uns über unsere bewertenden Grenzen der Sympathie. Ich muss den Regen nicht sympathisch finden, aber ich kann ihn trotzdem als unverzichtbar bejahend annehmen und anerkennen, und ich wünsche mir, dass er sich ab und zu »verwirklicht«. Ich kann etwas lieben, das ich nicht sympathisch finde!

Nina legte das Heft auf ihre Knie und schaute aus dem Fenster. Grüne Wiesen und vereinzelte Häuser zogen an ihr vorüber, aber sie nahm sie nicht bewusst wahr. Sie dachte darüber nach, was sie soeben gelesen hatte. Die Liebe war ihr bisher immer als etwas vorgekommen, was sie von außen traf. Etwas, das sie sah und das ihr dann irgendwie verführerisch oder in sonst einer Art begehrenswert erschien. Nun schrieb Brannon, die Liebe entstehe unabhängig von einem äußeren Impuls. Sie blätterte eine Seite zurück und überflog noch einmal die Passagen, die sie im Flugzeug gelesen hatte. Langsam begriff sie, worauf Brannon hinaus wollte. Er unterschied streng zwischen der Verliebtheit und der Liebe. Erstere wird durch äußere Impulse ausgelöst. Hieß das, die Liebe sei etwas ganz anderes als das, was Nina kannte und bisher dafür gehalten hatte? Sie las weiter:

Ferner stellt sich die Frage, ob die Liebe zu einer anderen Person etwas anderes ist, als die soeben beschriebene Selbstliebe. In diesem Zusammenhang muss ich immer an das Wort Jesu denken:
»Liebe Deinen Nächsten wie Dich selbst.«
Ich glaube, Liebe ist stets das Gleiche, egal ob sie dem eigenen Ich oder einem anderen gilt.

Liebe ich einen anderen Menschen, dann

erkenne ich seine Existenz als berechtigt an,

will ich ihn immer besser kennen und verstehen lernen,

nehme ich all seine Seiten bejahend an, und

ich identifiziere mich mit seinem Wunsch, sich selbst zu verwirklichen.

Liebe ist also:

Konstruktiv interessierte Identifikation
mit dem Sein

Liebe zu einem anderen Menschen ist der Genuss an dessen Werden! Denken Sie an die vielen Kinder, die sich sicher waren, dass in ihnen ein Schauspieler, ein Musiker oder ein Arzt steckte und die von ihren Eltern genötigt wurden, diese Erkenntnis zu unterdrücken, um Anwalt zu werden oder den elterlichen Betrieb zu übernehmen.
In der Liebe geht es darum, sich wirklich und wahrhaftig für den anderen zu interessieren, ihn anzunehmen und sich mit seinem Streben nach Verwirklichung zu identifizieren.
Wie viele Beziehungen scheitern daran, dass sich die

Menschen vor möglichen Veränderungen ihres Partners fürchten? Der Liebende möchte aber, dass der von ihm geliebte Mensch sein ganzes Potential ausschöpft. Und indem er diesen fördert und unterstützt, verwirklicht er zeitgleich sein eigenes Potential. Er erfährt sich selbst als liebenden, interessierten und sich am Glück des anderen erfreuenden Menschen. Das ist die besondere Magie der Liebe. Die Liebe verwandelt Möglichkeiten in Tatsachen. Die Liebe lässt Potentiale lebendig werden. Sie verwandelt Theoretisches in Reales. Und zwar auf beiden Seiten. Die Liebe lässt den Geliebten und den Liebenden gleichermaßen neu entstehen.

Nur so wird das Verhalten von Pater Maximilian Kolbe verständlich. Nur so wird verständlich, warum seine Bereitschaft, sein Leben für das eines Wildfremden zu geben, ein Akt der Liebe war, für den er später heilig gesprochen wurde.

Dass er sich mit dem Sein des Mithäftlings identifizierte, ist offensichtlich. Kolbe wiederum erkennt im Moment der notwendigen Entscheidung, welche Art von Person in ihm steckt. Er entdeckt in sich, zu was er fähig, bereit und willens ist. In diesem Moment erkennt und erfährt er sich als liebendes, weil sich selbst neu erschaffendes Wesen, und im Zustand dieser Liebe strebt dieses Wesen in ihm nach Verwirklichung. Es will geboren werden und erfährt im Prozess des Werdens das Glück einer unendlichen Lebendigkeit. Kolbe gebiert in diesem Moment aus Liebe einen »neuen Kolbe«. Damit erfährt er die Unendlichkeit seines eigenen Seins und seine tatsächliche Unsterblichkeit.

Um im Zustand der Liebe eine sich immer wieder ergebende Neugeburt des eigenen Seins zu erfahren, muss man nicht gleich, wie Kolbe, sterben.

In unserem normalen Alltag geht das in vielerlei Weise, wenn man wirklich liebt. Als liebende Wesen erkennen wir uns plötzlich als ein zur Vergebung fähiges Wesen, das ans Licht will. Als helfendes Wesen, das ans Licht will. Als gönnendes, als loslassendes, als unterstützendes, als loyales, als ehrliches, als toleranzfähiges, als eifersuchtsfreies, als schenkendes Wesen, das ans Licht will. Und nur im Zustand der Liebe bringen wir dieses unendliche Potential in uns ans Licht.

Kolbe musste sterben, um lieben zu können. In seiner speziellen Situation gab es keine Alternative. Er entdeckte in diesem Zustand der »konstruktiv interessierten Identifikation« mit sich selbst in sich ein neues Ich, einen neuen Kolbe. Und vor dem unbarmherzigen Kommandanten des KZ Auschwitz konnte dieses neue, zum liebenden Opfertod bereitwillige Ich nur auf diese eine Weise ans Licht kommen. Die einzige Alternative hätte darin bestanden, dieses neue Ich in sich zu unterdrücken und damit die Liebe, nicht nur zu dem Mithäftling, sondern auch jene zum eigenen Ich zu unterdrücken.
Das war Kolbe nicht möglich.

Seine Liebe rettete nicht nur den geliebten Mitmenschen, sie brachte auch einen »neuen Kolbe« ins Leben. Somit erfuhr und erlebte er keinen Tod, sondern er erfuhr und erlebte eine Geburt.
Kolbe erfuhr sich im Werden und nicht im Vergehen.

Die gegenleistungsfreie Gewährung von Vorteilen für einen Menschen, mit dessen Sein wir uns in Liebe identifizieren, ist ein Akt, sich selbst zu erfahren und darin ein Höchstmaß an Erfüllung zu finden. Jede Liebe ist die Geburt eines in die Wirklichkeit strebenden und gebrachten neuen Seins. Und damit ist sie das Gegenteil von Angst und Tod. Ist die Liebe jedoch das Gegenteil von Tod, so ist sie das Leben selbst.

Am Anfang haben wir uns eine Welt vorgestellt, die nicht von einem schöpferischen Bewusstsein erschaffen wurde, sondern zufällig entstanden ist und ganz ausschließlich Natur ist und nur von deren Gesetzen gesteuert wird. Jetzt, am Ende, machen wir es anders herum. Wir haben mit der Liebe und ihrer Fähigkeit, den natürlichen Trieben zu widersprechen, einen Hinweis dafür gefunden, dass es ein über den Naturgesetzen stehendes Bewusstsein gibt, welches stets bestrebt ist, sich selbst in immer mehr Seinsformen zu erschaffen. Somit dürfen wir annehmen, dass die ganze Welt, wie wir sie kennen, das Resultat dieses Prozesses und damit selbst geistiger Natur ist. Anfangs wollten wir annehmen, dass es nur die Natur gäbe. Jetzt stellen wir fest, dass es nur dieses Bewusstsein gibt, das in der Natur lediglich seine mannigfaltige Erscheinungsform gefunden hat. Die Welt ist nicht zufällig entstanden. Sie ist das Resultat eines schöpferischen Bewusstseins, das sich aus dem konstruktiven Interesse an sich selbst mit seinem eigenen Streben nach Verwirklichung identifiziert.

Die Liebe dieses Bewusstseins ist universell, und wir sind ein Teil davon. Jeder von uns trägt die Fähigkeit zu lieben in sich. Sie muss nicht erlernt werden, und sie kann uns auch nicht abhanden kommen.

Allerdings ist sie kein Gefühl, also keine von äußeren Impulsen abhängige hormonelle Reaktion.

Sie ist ein Bewusstseinszustand, der sich aus einem ehrlichen Interesse, einer gesunden, konstruktiven Neugierde für die Möglichkeiten des Seins erzeugt. Der große Platon hat gesagt, Liebe sei, im Schönen zu zeugen. Nichts trifft es prägnanter. Liebe heißt nicht, das Schöne haben zu wollen. Die Liebe zu einem anderen Menschen ist der Genuss an dessen Werden und Wohlergehen.

Und wenn Sie mich fragen, was Sie tun müssen, um einen anderen wirklich zu lieben, rufe ich Ihnen zu:

Es beginnt mit der konstruktiv interessierten Identifikation mit sich selbst. Werden Sie neugierig für sich selbst. Dafür, was Sie alles faszinieren kann. Nur aus diesem Zustand heraus werden Sie ganz automatisch feststellen, wie sehr auch das Werden und Wohlergehen eines anderen faszinieren kann. Lassen Sie sich davon faszinieren, Faszinierendes zu entdecken, und die Liebe kommt von ganz allein.

Der Bus war im Zentrum von Donegal Town direkt vor dem Abbey Hotel zum Stehen gekommen. Nina war die letzte, die noch in ihrem Sitz saß. Alle anderen Fahrgäste drängelten sich an der Seite des Busses und ließen sich vom Fahrer ihre Reisetaschen und Koffer aus dem Bauch des Busses reichen. Nina weinte. Was war damals nur geschehen? Sie musste so verliebt in Johannes gewesen sein, dass sie all ihre anderen Gefühle vollkommen ausgeblendet hatte. Wie war es möglich, für alles andere so abzustumpfen? Eines Tages hatte sie Frank mitgeteilt, es sei ein echter räumlicher Abstand für einige Zeit erforderlich, um ihre Gefühle für ihn zu retten und mit der Zeit neu zu beleben. Sie wollte sich auch nicht auf eine dieser längeren Diskussionen mit Frank einlassen, die sowieso sinnlos waren, weil sie selbst überhaupt keine Vorstellung davon hatte, wie lange diese vorübergehende Trennung dauern würde, bevor sie zurückkommen konnte. Sie versicherte ihm lediglich erneut, dass es nur ein vorübergehender räumlicher Abstand sei, und dass sie fest daran glaube, eben auf diese Weise zu ihm zurückzufinden. Dann war sie in die kleine Wohnung gezogen, die sie sich heimlich in der Zwischenzeit gesucht und angemietet hatte. Jene kleine Wohnung, in die dann auch Johannes bald zog. Ihr Glück schien für einen Moment vollkommen, bis sich Frank nach vielen Wochen das erste Mal mit einer Email meldete. Er berichtete, dass er zwischenzeitlich eine Therapie begonnen habe, die ihm gut tue, dass er demnächst ein viel versprechendes Vorstellungsgespräch bei einer Firma habe und die Wohnung jederzeit in einem aufgeräumten Zustand sei.

Außerdem, dass sein tiefes, unerschütterliches Vertrauen in ihre Liebe und in ihre Bekräftigungen, all das nur für das Wiederfinden ihrer Gefühle zu tun, ihm die Kraft und die Energie gäben, an sich zu arbeiten und auf sie zu warten. Er vertraue ihr.

Und dass er sie vermisse.

Sie hatte ihm, ebenfalls mit einer Email, geantwortet, dass sie sich für ihn wegen all der Fortschritte freue. Und sie hatte die Frage hinzugefügt, ob er denn nicht verstehen wolle, dass der Abstand, den sie jetzt gefunden habe, ein Abstand ohne Zurück sei. Dann wünschte sie ihm alles Gute für seinen weiteren Weg.

Die Nächste, die sich dann bei Nina meldete, war ihre Freundin Marion, Franks Schwester. Sie hatte ihn gefunden. An einem Gürtel hängend mit einem Zettel zu seinen Füßen, dass er nicht warten könne, bis die Erkenntnis, von Nina getäuscht und hingehalten worden zu sein, irgendwann einmal ihren Schmerz verlöre.

Nina wurde von Marion und den anderen aus der gemeinsamen Clique verbannt. Sie verurteilten sie für die kalte und eigennützige Art, sich auf diese Weise von Frank zu trennen. Sie habe ihn aus sicherer Entfernung einfach weggeworfen, hatte Marion sie damals angeschrien. Und Nina hatte zurück geschrien, die ganze Situation habe sie völlig überfordert, und es sei nicht ihre Absicht gewesen, Frank etwas vorzumachen oder ihm weh zu tun. Seitdem herrschte Funkstille zwischen den einstigen Freundinnen.

Jetzt, nachdem sie den Aufsatz von Sean Brannon zu Ende gelesen hatte, weinte sie. Ehrlichkeit kann verletzen, sagt man. Aber das stimmte nicht. Nina hatte sich all die Jahre vorgemacht, ihr Entschluss, Frank nicht mit ihren wahren Absichten zu konfrontieren, habe sie zu seinem Schutz getroffen. Doch damit hatte sie nicht nur ihn, sondern auch sich selbst belogen. Sie wollte nicht erkennen, dass eine ehrliche Trennung weit weniger schmerzhaft gewesen wäre, dass ihre Unehrlichkeit nicht aus Rücksichtnahme, sondern aus der Feigheit heraus erfolgte, ihrerseits mit Franks Trauer konfrontiert zu werden. Ihre Gedanken und Gefühle galten nur dem neuen Glück, der neu entdeckten Lebensfreude mit Johannes. Mit der ganzen Schwere, die sie inzwischen mit Frank verband, wollte sie nichts mehr zu tun haben. Sie hatte Frank immer wieder gebeten, ja regelrecht aufgefordert, ihr zu vertrauen. Es sei nur ein notwendiger Abstand, aber kein Abschied. Und Frank musste damals all seine noch vorhandene Kraft aufgebracht haben, ihr dieses Vertrauen zu schenken. Er hatte sich ihrem Wort, ihrer Ehrlichkeit ausgeliefert. Im Nachhinein zu erkennen, dass Nina sein Vertrauen und seinen Glauben in sie nur eingefordert hatte, um beides zum Schutz ihrer eigenen Schwäche zu missbrauchen, musste ihn gebrochen haben. Die Beschäftigung damit hatte sie all die Jahre erfolgreich verdrängen können. Jetzt ging es plötzlich nicht mehr. Beim Lesen wurde sie von einem starken Gefühl ergriffen, und sie spürte plötzlich, wie sehr die Liebe sich mit etwas identifiziert. In dem Moment sah sie ganz deutlich und ohne jeden sich selbst schützenden Zweifel, dass sie damals nicht geliebt hat. Frank nicht, aber auch sich selbst nicht, sogar Johannes nicht. Möglicherweise hatte sie es noch nie. Sie war immer nur verliebt gewesen. In sich, in das eigene Glück, in das stets Neue und Aufregende. Und als der Bus die Stadtgrenzen Donegals erreichte, glaubte sie, Frank in ihrer Nähe zu spüren. Nicht verärgert, traurig oder verbittert. Es war ein liebevolles Gefühl, das sie berührte. Und für einen Moment kam es ihr so vor, als läge eine Hand beruhigend auf ihrer Schulter. Dann waren die Tränen gekommen.

Jetzt saß sie als einzige immer noch im Bus, hielt sich mit einer Hand die Augen zu und versuchte, Trauer und Schmerz hinunter zu schlucken. Wieder fühlte es sich so an, als läge eine Hand auf ihrer Schulter. Das Gefühl war realer und wärmer als noch vor einigen Momenten und wurde begleitet von einem Geruch nach Schafen. Dann begriff sie, dass tatsächlich eine Hand auf ihrer Schulter lag, und sie zuckte mit ihrem Körper zurück. Auf den Platz neben ihr hatte sich ein alter Mann mit grauem Bart, einer Art Baskenmütze und einem dicken Wollpullover gesetzt. Er lächelte sie gütig und tröstend an. Er hielt ihr ein Taschentuch hin und fragte sie in einem rauen, gälisch gefärbten Englisch, ob er ihr helfen könne. Nina riss ihren Rucksack an sich und drängte sich, ohne zu antworten, an dem Mann vorbei. Sie stürmte aus dem Bus und verschwand in der Lobby des Abbey Hotels.

Nachdem sie sich auf einer Toilette frisch gemacht und die Spuren ihrer Tränen beseitigt hatte, mietete Nina sich ein Zimmer im Abbey und erfuhr auf Nachfrage, dass viele Geschäfte in der Innenstadt von Donegal noch bis 22 Uhr geöffnet sind.

Sie trat wieder hinaus auf die Straße und ließ ihren Blick über die Szene schweifen. Das Zentrum wurde von einem großen, dreieckigen Platz beherrscht, dem »Diamond«.

Ein paar Jugendliche hatten sich auf den dort stehenden

Bänken oder auch einfach nur auf dem Boden niedergelassen und genossen gemeinsam den milden Spätsommerabend. Der Verkehr wurde um diesen zentralen Platz herumgeleitet, in einem dreieckigen Kreisverkehr. Die kleinen, dicht an dicht stehenden Häuser waren auch hier in allen Farben des Regenbogens gestrichen, gelbe, grüne, rote, blaue. Es sieht ein wenig aus wie die künstlichen Kulissen in einem Freizeitpark, dachte Nina.

Ein paar Häuser die Quay Street hinunter fand Nina einen Gemischtwarenladen, in dem sie sich eine Zahnbürste, Zahnpasta, Duschgel und Shampoo kaufte. Schräg gegenüber, auf der anderen Straßenseite, fand sie die »Fantasy Ladies Boutique«. Sie schaute nach links und wollte gerade die Straße überqueren, da füllte sich die Luft mit dem lauten Quietschen einer Vollbremsung. Nina reagierte gerade noch rechtzeitig und machte einen Satz zurück auf den Gehweg. Der von rechts kommende Pickup kam an eben jener Stelle zum Stehen, an der Nina schon gestanden hatte. Er hätte sie voll erwischt. Ihr klopfte das Herz bis zum Hals, und sie entschuldigte sich mit einer bedauernden Geste bei dem Fahrer, der mit seinen Händen wild und wütend fuchtelte. Dann setzte der Pickup seine Fahrt fort, und Nina atmete einmal kräftig durch. Sie hatte geglaubt, es sei schwierig, sich mit einem Mietwagen an den Linksverkehr zu gewöhnen, doch jetzt hatte sie das Gefühl, es sei noch gefährlicher, zu Fuß zu gehen. Wollte man eine Straße überqueren, musste man nach rechts schauen. Darauf musste sie sich konzentrieren.

In der Boutique deckte sie sich mit Wäsche zum Wechseln, einer Jeans, einer zweiten Bluse und einem roten Pullover ein. Außerdem kaufte sie sich eine kleine Reisetasche aus hellem Leder, die sie sich umhängen konnte und in der sie all die Einkäufe verstaute. Dann befand sie, dass sie den in der letzten Stunde stärker gewordenen Hunger nicht länger ignorieren wollte. Nur ein paar Häuser weiter, erfreulicherweise auf der gleichen Straßenseite, erblickte sie das Fisch- und Steakrestaurant »The Harbour« und betrat es. Während die Fassade dunkelblau gestrichen war, dominierten warme Rottöne die Einrichtung. Nina wählte einen freien Tisch am Fenster, ließ sich von einer jungen Serviererin die Karte reichen und bestellte einen trockenen Rotwein.

Als sie aus dem Fenster blickte, sah sie auf die Donegal Bay und den dortigen Hafen der Stadt. Außerdem erblickte sie auf der anderen Straßenseite ein kleines, blau-weiß gestrichenes Häuschen, in dem das Büro der Touristen-Information untergebracht war. Dort würde sie sich am Morgen nach der Schule erkundigen, in der Sean Brannon als Mathematiklehrer arbeitete. Die junge Kellnerin brachte den Rotwein, und Nina bestellte sich dazu ein Lachsfilet mit Beilagen. Während sie auf das Essen wartete, nahm sie die Zeitschrift aus ihrem Rucksack und begann, das Interview mit Sean Brannon zu lesen.

Psychologie Heute (PH): Mister Brannon, Sie unterrichten Mathematik und Physik an einer weiterführenden Schule in Irland. Wie kommt ein Lehrer wie Sie dazu, die Liebe erklären zu wollen?

Sean Brannon (SB): Das wird Sie vielleicht schockieren, aber meine Frau liebt noch einen anderen Mann. Sie sieht ihn nicht oft, denn er wohnt in Cork. Sie verbringt vielleicht alle zwei Monate ein Wochenende bei ihm, auf das sie sich natürlich freut, weil es so selten ist. Und als ich mich das erste Mal mit ihr gefreut habe, und zwar ohne jegliches negative Begleitgefühl, sondern wahrhaftig aus tiefstem Herzen, erfüllte mich das mit einem nicht gekannten Glücksgefühl. Es war, als ginge ein Vorhang auf und machte den Blick frei auf das, was man Liebe nennt. Danach habe ich viel über die Liebe gelesen, aber nichts vermochte zu erklären, was ich in mir entdecken durfte. Daraufhin habe ich mir meine eigenen Gedanken gemacht, und als die »Spirit« diesen Aufruf veröffentlichte, habe ich meine Gedanken zu Papier gebracht und eingereicht.

PH: Sie sind überhaupt nicht eifersüchtig?

SB: Nein, nicht mehr. Im Gegenteil. Ich sehe diese zweite Liebe meiner Frau unter einem anderen Gesichtspunkt. Die Fähigkeit zu lieben setzt voraus, das eigene Bewusstsein für sich, für andere und für die Welt weit zu öffnen. Der Versuch, seine Liebe auf nur einen Menschen zu fokussieren, bewirkt das Gegenteil. Das Bewusstsein wird enger und die Fähigkeit zu lieben damit kleiner. Da ich meine Frau aber liebe, ist es mein Wunsch, dass sie liebesfähig ist und bleibt. Die Folge ist, dass die Liebe sich vermehrt und ausbreitet. Der Satz: »Ich liebe Dich, und ich möchte, dass Du außer mir keinen anderen liebst« ist für mich ein Paradoxon, ein Widerspruch in sich. Eifersucht ist kein Beweis dafür, dass man liebt, sie beweist vielmehr, dass man es nicht tut.

PH: Am Ende Ihres Aufsatzes geben Sie den Hinweis, mit der Liebe bei sich selbst anzufangen. Können Sie das konkretisieren? Was genau ist zu tun?

SB: Haben Sie Spaß an sich und Ihrem Leben. Haben Sie Spaß an jenen Fähigkeiten, die Sie bereits bei sich entdeckt haben. Leben Sie sie aus. Haben Sie Spaß daran, neue Fähigkeiten oder Interessen zu entdecken. Probieren Sie

sie aus. Haben Sie Spaß daran, neugierig für alles Mögliche zu sein. Bleiben Sie offen für neue Reize. Leben Sie mit offenen und neugierigen Augen. Genießen Sie das Leben. Fragen Sie sich jeden Morgen, wie Sie Ihren Tag selbst schön machen können. Und ein schöner Tag ist einer, in dem Sie immer neugierig für sich selber bleiben. Richten Sie sich nicht bequem in dem ein, was Sie schon haben, kennen oder mögen. Wenn Sie wirklich neugierig bleiben, werden Sie feststellen, welch ungeheure Fülle an Befriedigung und Glück dieses Leben für Sie bereit hält.

PH: Und dann kommt auch die Liebe zu anderen von allein?

SB: In gewisser Weise ja. Wenn Sie sich in dieser Form konstruktiv interessiert mit Ihrem Sein identifizieren, wollen Sie mehr. Ihr Bestreben nach Identifikation überträgt sich dann auch auf andere.

Die Serviererin brachte das Essen. Nina schlug die Zeitschrift zu und zeigte der jungen Frau das Titelbild. Als Anwältin mit internationalen Klienten sprach sie fließend Englisch.

»Sagen Sie, kennen Sie diesen Mann?«

»Nein, wer ist das?«

»Er heißt Brannon, ein Lehrer hier aus Donegal.«

»Tut mir leid, ich bin nicht von hier.«

Nina bedankte sich und fing an zu essen. Sean Brannon beschrieb ein Leben, das ihr wie ein Film vorkam, in dem eine Welt gezeigt wurde, die nicht die ihre war. Während sie das Filet anschnitt, betrachtete sie erneut den Mann mit den blauen Augen, der scheinbar in sich ruhend auf diesem Felsbrocken vor einem schönen See saß und dessen Lächeln eben diesen inneren Reichtum versprühte, den er mit seinen

Worten beschrieb. Warum wollte sie ihn treffen? Wollte sie sich von ihm die Liebe erklären oder gar beibringen lassen? Das war lächerlich. Erstens erklärte er bereits in seinem Aufsatz und in dem Interview, was die Liebe sei und wie man zu ihr gelangte. Und zweitens würde er sie auslachen. Soweit hatte sie ihn schon verstanden, dass es an ihr selbst liege. Was wollte sie von ihm? Absolution für ihr bisheriges Leben und den Segen für ein neues? Sie konnte sich diese Frage nicht mehr beantworten.

Inzwischen hatte sich die Dämmerung auf die Stadt gelegt. Nur noch mit Mühe reichte ihr Blick bis zum Hafen. Menschen kamen nach Hause oder schlenderten an den bunten irischen Häusern vorbei. Ab und zu betraten weitere Gäste das Lokal, und einige von ihnen wurden herzlich begrüßt, weil sie wohl öfter hier verkehrten. Nina lehnte sich in ihrem Sitz zurück und genoss sowohl das vorzügliche Filet, als auch die Szenerie um sich herum. Ihr Geburtstag neigte sich dem Ende. Sie hatte in der Überzeugung ihre Wohnung verlassen, dass an diesem Tag eine Überraschung auf sie wartete, die ihr die Richtung in ein neues Leben weisen würde. Nur einige Stunden später saß sie nun im Norden Irlands in einem fremden Restaurant, hatte ganz spontan eine Reise angetreten, die sie sich an einem anderen Tag selbst nicht zugetraut hätte. Nun sah sie auf eine Bucht des Atlantiks hinaus und begleitete mit einem plötzlich sehr zufriedenen Lächeln, wie die junge Kellnerin einen schrulligen, alten Mann mit einer Umarmung begrüßte, der den Gastraum soeben betreten hatte. Ging das denn nicht etwa in die Richtung, die Brannon beschrieb? Etwas überrascht registrierte Nina, dass sie eigentümlich stolz und zufrieden mit sich war. Das fühlte sich gut an.

Könnte es sein, dass sie hier war, um sich zu bedanken?

PH: In Ihrem Aufsatz stellen Sie die Liebe als vollständig selbstlos dar. Ist sie das denn wirklich? Was ist mit unseren Bedürfnissen, der geliebten Person nahe zu sein, sie zu liebkosen oder von ihr liebkost zu werden?

SB: Ich stelle die Liebe nicht als selbstlos dar, dann haben Sie meinen Aufsatz missverstanden. Ich stelle sie als gegenleistungsfrei dar. Das ist etwas anderes. Selbstlos ist sie nicht, denn sie erfüllt uns und macht uns glücklich. Sie ist die Lust an der Verwirklichung. Entweder an meiner eigenen oder an der des anderen. Ich gehe einmal davon aus, dass Sie Ihre Mutter lieben. Aber sie wollen ihr sicher nicht permanent nahe sein, sie liebkosen oder ständig von ihr liebkost werden, oder? Sie sehen, Sie können auch lieben, ohne diese Liebe mit den von Ihnen genannten Bedürfnissen zu verknüpfen. Diese Bedürfnisse sind ganz natürlich, sie empfinden sie gegenüber Ihrem Partner. Sie haben ihre Wurzeln in unserem biologischen Programm. Aber sie sind kein Ausdruck von Liebe. Sie drücken aus, dass Ihnen etwas fehlt. In der Liebe erfahren Sie dagegen Fülle. Verknüpfen Sie das eine nicht mit dem anderen. Die Liebe ist unabhängig von diesen Bedürfnissen, wie Sie am Beispiel mit Ihrer Mutter sehen.

PH: Von Liebenden hört man oft Sätze wie »Ich brauche Dich« oder »Ohne Dich kann ich nicht leben«. Lieben die zu sehr oder zu wenig?

SB: Sie lieben ganz eindeutig sich selbst zu wenig. Solche Aussagen zeugen davon, dass das eigene Leben, unabhängig vom Partner, scheinbar kein Glück und keine Erfüllung verspricht. Das eigene Glück ist abhängig vom anderen. Sie leben in einer Abhängigkeit. Wer sich jedoch voll und ganz mit seinem eigenen Leben konstruktiv interessiert identifiziert, sieht die Welt und sein Leben mit ungeheurem Reichtum ausgestattet. Wirklich zu lieben macht unabhängig. Dafür gibt es eine einfache Formel: Genieße alles, brauche nichts.

PH: Mr. Brannon, Sie schreiben in Ihrem Aufsatz, Sie gehörten keiner Kirche und keinem Glauben an, begründen aber, die Liebe sei ein Gottesbeweis. Heißt das, Sie glauben an Gott, aber an keine Ihnen bekannte Religion?

SB: Genauso ist es. Natürlich wurde auch ich katholisch getauft, aber ich bin vor vielen Jahren aus der Kirche ausgetreten. Soweit ich das richtig verstehe, gehen vor allem die monotheistischen Religionen übereinstimmend von zwei Grundprämissen aus. Erstens, dass Gott und Mensch zwei voneinander getrennte Wesen sind und zweitens, dass Gott die Menschen und ihr Tun bewertet und ein Urteil darüber spricht. Beides glaube ich nicht.

PH: Wenn Gott das menschliche Tun nicht bewertet, fällt er als moralische Instanz weg. Ist das nicht ein Freibrief für jede Art von kriminellem Handeln?

SB: In Afrika berauben Hyänen die Löwen und stehlen ihnen die soeben gerissene Beute. Selbst die Kirchen dieser Welt betrachten dieses Verhalten als von Gott erschaffen. Gott hat eine Welt erschaffen, in der er sich in unendlich vielen Lebensformen selbst erfahren kann. Er hat die Welt erschaffen, um sich selbst zu erkennen und zu erfahren. Das ist der ganze Sinn des Lebens. Ich weiß, dass ich mich gegenüber streng religiösen Menschen jetzt weit aus dem Fenster lehne, aber alles in dieser Welt ist Gott. Und wenn Gott erfahren möchte, wie es ist zu vergeben, muss es etwas zum Vergeben geben.

PH: Also ist kriminelles Handeln gottgewollt? Dann stehle ich mir demnächst alles, was ich brauche.

SB: Gott hat eine Welt der Bipolarität, also der Gegensätzlichkeit, erschaffen, weil die von ihm angestrebte Selbsterkenntnis und Selbsterfahrung nur durch Vergleich möglich ist. Alles in dieser Welt hat seinen Gegensatz. Oben und Unten. Heiß und Kalt. Du und Ich. Gut und Böse. Nach dieser Logik hat Gott auch das Böse erschaffen, ja. Aber es ist ein Unterschied, ob das Böse gottgewollt oder nur notwendiges Übel ist. Der Genuss des Schönen und Guten wäre schlicht unmöglich, wenn es den Vergleich zum Gegenteil nicht gäbe. Ihr geplanter Diebstahl ist nicht gottgewollt. Gottgewollt, um bei diesem Wort zu bleiben, ist es, dass Sie Glück, Befriedigung und Erfüllung finden, wenn Sie sich in die Person verwirklichen, mit der Sie sich identifizieren. Ist das die Diebin? Wird der damit unweigerlich verbundene Aspekt, einem anderen zu schaden, Sie wirklich befriedigen und erfüllen? Vermutlich nicht. Ehrlichkeit und Aufrichtigkeit, insbesondere sich selbst gegenüber, sind zwingende Voraussetzungen, um wirklich und wahrhaftig zu lieben.

PH: Mister Brannon, ich danke Ihnen für dieses Interview.

4

Am nächsten Morgen erwachte Nina frisch und ausgeruht. Nach dem anstrengenden gestrigen Tag war sie nach dem Essen in ihr Hotelzimmer gekommen und hatte sich schon bald zum Schlafen hingelegt. Sie sah auf das Display ihres Smartphones. Es war kurz nach sieben Uhr. Sie hatte etwas über neun Stunden tief und fest durchgeschlafen. Sie nahm eine ausgiebige Dusche, zog sich danach die neue Jeans und den am Vortag gekauften roten Pullover an, packte die anderen Sachen und ihren kleinen Rucksack in die größere Reisetasche und ging hinunter, um zu frühstücken. Danach bezahlte sie mit ihrer Kreditkarte das Zimmer und schlenderte dann bei schönem Wetter die Quay Street hinunter zum Hafen, wo sie am Vorabend die Touristen-Information gesehen hatte.

Nina erkundigte sich nach der Schule und ließ sich den Weg erklären. Es war nicht besonders weit. Sie musste der Quay Street weiter nach Süden folgen, dann kam sie an einem großen Supermarkt vorbei und nach einem Fußmarsch von 20 Minuten erreichte sie einen Sportplatz. Dort bog sie links in eine Zufahrtsstraße und fand die Schule direkt auf der linken Seite auf einem größeren, grasbewachsenen Hügel. Nina steuerte auf das Hauptgebäude zu und betrat es. Zwei Teenager in Schuluniformen liefen durch den Gang, rissen eine der Türen auf und verschwanden in dem Raum dahinter. Nina spazierte durch die Gänge und suchte das Sekretariat. Als ihr ein Mann von etwa 30 Jahren, vermutlich ein Lehrer, entgegenkam, fragte sie ihn nach dem Weg. Er erklärte es ihr freundlich und schon bald stand sie vor zwei Schreibtischen, hinter denen je eine Sekretärin saß.

Nina stellte sich vor und fragte die beiden freundlich, ob

Sean Brannon an diesem Tag in der Schule sei und unterrichtete. Zu ihrer Überraschung erfuhr sie jedoch, dass Brannon bereits seit zwei Jahren nicht mehr Lehrer dieser Schule sei. Sein befristeter Vertrag sei damals nicht mehr verlängert worden. Seine Einstellungen zur Religion, aber auch die Bigamie seiner Frau seien den Schülern einer katholischen Schule nicht zu vermitteln gewesen, erklärten sie.

Nina öffnete ihre Reisetasche und holte die Zeitschrift heraus. Sie blätterte noch einmal zur Einleitung, um sich in Erinnerung zu rufen, wo Brannon lebte.

»Hier steht, dass Mister Brannon in Carrick lebt. Wissen Sie, ob das immer noch so ist?«

»Da bin ich wirklich überfragt«, entschuldigte sich die Gesprächigere der beiden Sekretärinnen.

»Wo ist denn dieses Carrick, und wie komme ich am besten dort hin?«, wollte Nina noch wissen.

Die Sekretärin stand auf und zeigte es ihr an einer Wandkarte, die das gesamte County Donegal zeigte.

»Hier ist Carrick. Ein kleines Städtchen, etwa eine Autostunde westlich von Donegal, immer an der Küste entlang. Nehmen Sie die N56, und hier«, sie zeigte auf eine T-Kreuzung irgendwo im Nirgendwo, »biegen Sie links ab und folgen immer der R263 bis nach Carrick.«

»Fährt vielleicht ein Bus dorthin? Ich bin nicht mit dem Auto hier.«

»Ja, vom Diamond, direkt vor dem Abbey Hotel, fährt stündlich ein Bus. Der hält auch in Carrick.«

Nina bedankte sich für die Auskunft und ging den ganzen Weg zurück bis zu jenem dreieckigen Platz, der Diamond genannt wurde und das Zentrum von Donegal beherrschte.

Zwei Stunden später saß sie in dem Bus, der eben jene Strecke fuhr, die die Sekretärin beschrieben hatte. Er fuhr ebenso an weiten Wiesen wie an Industriegebieten vorbei. Immer wieder sah Nina den Atlantik, wenn sie aus dem Fenster schaute, aber wesentlich öfter führte die Straße von der Küste weg ins Landesinnere. Während sie am Diamond auf den Bus gewartet hatte, suchte sie noch einmal den Store auf und hatte sich einen Schreibblock gekauft. Der lag nun aufgeschlagen auf ihrem Schoß, während sie mit ihrem Kugelschreiber versuchte, »Liebe Marion« auf das Papier zu schreiben. Aber es geriet ihr nur sehr unsauber, weil der fahrende Bus zu sehr schaukelte. Das hatte keinen Zweck, und sie verstaute Block und Stift wieder in ihrer Tasche. Nina hatte sowieso keine rechte Vorstellung davon, was sie Marion schreiben wollte.

Irgendwie wollte sie ihr einen versöhnlichen Brief schreiben, einen in dem sie sich entschuldigte. Aber genau das machte ihr auch Angst. Marion hatte ihren geliebten Bruder verloren, und es war nicht einfach, etwas dazu zu sagen. Das Einzige, was Marion sicher von ihr hören wollte, war, dass Nina die Verantwortung für Franks Tod übernahm. Sie hatte ihn doch nicht umgebracht. Es war ein Selbstmord. Nina hatte das doch nicht gewollt. Sie wollte nur noch weg damals. Weg von ihm und weg aus dem modrigen Sumpf, den er aus ihrem Leben gemacht hatte. Ihr fielen die Worte von Sean Brannon wieder ein, wie wichtig und zwingend Ehrlichkeit und Aufrichtigkeit gegenüber sich selbst seien. Und ihr fiel ein Zitat aus Shakespeares Hamlet ein: »Sei Dir selber treu und so folgt wie die Nacht dem Tage, Du kannst nicht falsch sein gegen irgendwen«.

Nina sah wieder aus dem Fenster und betrachtete eine Reihe von teuren Villen mit gepflegten Vorgärten, an denen sie vorbei fuhren. Sie hatte Angst gehabt damals. Angst vor seiner Trauer, vor seinem entsetzten Blick, wenn sie ihm ehrlich gesagt hätte, dass sie ihn nicht mehr liebe und die endgültige Trennung wolle. Ihre Feigheit hatte sie zur Lügnerin gemacht, hatte sie dazu verführt, ihn hinzuhalten, und dann hatte sie ihn aus sicherer …

Nina spürte, wie eine Hitze in ihr emporstieg und ihr Gesicht mit einer feurigen Röte überzog. Sie hörte sich selbst gerade eben jene Worte denken, die Marion ihr im Streit an den Kopf geworfen hatte:

»… aus sicherer Entfernung weggeworfen.«

Nina war nicht mehr in der Lage, das zu verdrängen. Sie lehnte ihre heiße Stirn an die kalte Scheibe und hielt sich den Mund zu. Zwar konnte sie sich immer noch nicht dazu durchringen, für Franks Tod verantwortlich zu sein. Aber sie spürte jetzt so intensiv wie niemals zuvor, dass es ihre Angst vor der Konfrontation gewesen war, verbunden mit der gebetsmühlenartig und wider besseren Wissens wiederholten Forderung an Frank, ihr zu vertrauen, die Frank in die schwierigste aller Situationen gebracht hatte, um dem Impuls, sich umzubringen, zu widerstehen.

Der Bus hielt in Killybegs, einem Städtchen mit ausgedehntem Fischereihafen. Überall flogen und riefen Möwen. Die einlaufenden Schiffe löschten ihren Tagesfang, es roch nach Fisch, und entlang des Hafenbeckens standen weiße Wagen mit offener Seitenklappe, an denen Menschen Fish & Chips aßen.

Einige der Fahrgäste packten ihre Taschen und stiegen aus. Neue Fahrgäste stiegen nicht ein. Offensichtlich würde sich der Bus umso mehr leeren, je weiter er die größeren

Siedlungen hinter sich ließ, um irgendwo an der äußersten Nordwestspitze Irlands sein ländliches Ziel zu erreichen.

Carrick war ein kleines, unscheinbares Städtchen auf dem Weg zur Westküste. Der Bus hielt direkt vor dem einzigen Hotel der Stadt, dem Slieve League Lodge. Wie sich jedoch herausstellen sollte, war es kein Hotel, wie Nina es gewohnt war. Es wurde mehr wie ein Hostel betrieben, mit preiswerten Mehrbettzimmern, die von einander fremden Wanderern geteilt wurden. Auf der Giebelseite erblickte Nina eine große Wandmalerei, die eine Meeresbucht zeigte, die von hohen Klippen umrahmt wurde. Ein Pfeil zeigte in die Seitenstraße und wies Wanderern den Weg zu den Slieve League Cliffs, die offenbar die lokale Sehenswürdigkeit zu sein schienen und dem Gasthaus zu seinem Namen verholfen hatten. Neben dem Bild hing das Logo der örtlichen Touristen-Information, die ebenfalls in diesem Hostel untergebracht war.

Nina betrat den Schankraum, der einfach, aber sauber eingerichtet war. Die Mitte des Raumes wurde von einer wuchtigen, rechteckigen Bar eingenommen, über der mehrere Rahmen mit Trikots verschiedener Sportvereine hingen. Zu ihrer Linken erblickte Nina einen Kamin. Der Wirt, ein alter Mann, stand hinter der Theke und polierte Gläser, während zwei andere Männer vor ihm standen und sich an ihren Guinness-Gläsern festhielten. Nina begrüßte die Männer etwas schüchtern und fragte den Wirt, ob sie hier etwas essen könne.

»Sicher«, erwiderte dieser und gab ihr ein Stück Papier, auf dem einige kleinere Gerichte aufgelistet waren. Sie bestellte sich einen Chicken-Salat und einen Tee. Dann setzte sie sich an einen der Tische und überlegte, was sie nun tun würde. Sie hoffte, dass Sean Brannon noch hier wohnte. Die Wahrscheinlichkeit war jedoch groß, dass es ihn auf der Suche nach einer neuen Schule, die ihn unterrichten ließ, irgendwo anders hin verschlagen haben könnte. Als der Wirt ihren Salat und eine Tasse Tee an den Tisch brachte, sprach sie ihn an:

»Entschuldigen Sie bitte«, Nina holte die Zeitschrift aus ihrer Tasche und zeigte dem Wirt das Titelbild, »kennen Sie diesen Mann?«

»Das ist Sean«, kam es prompt zurück. Er nahm ihr das Heft aus der Hand und betrachtete es sorgfältig. Als es ihm auffiel, dass es eine deutsche Zeitschrift war, legte er sie vor Nina zurück auf den Tisch und fragte:

»Verzapft der Irre jetzt im Ausland seinen Unsinn?«

»Ich weiß nicht«, antwortete Nina ein wenig erschrocken, »das Heft ist schon ein paar Jahre alt.«

»Ach so! Na, dann war das noch vorher.«

»Vor was?«

»Na, bevor sie ihn in Donegal vor die Tür gesetzt haben und alles andere.«

»Lebt er noch hier in Carrick?« Ninas Herz klopfte, nachdem sie die Frage ausgesprochen hatte. Bitte, lieber Gott, dachte sie, lass ihn nicht Gott weiß wo hingezogen sein.

»Er hat sein Haus jetzt zu einem Bed & Breakfast gemacht. Scheint aber nicht so gut zu laufen. Er fährt auch noch für den Supermarkt Sachen aus. Und dann stehen Touristen vor seiner Tür und keiner macht auf. Ach, muss er selber wissen.«

Nina atmete auf. Sie war am Ziel. Sie würde den Mann kennenlernen, der ihr mit seinen Worten eine wunderbare Geburtstagsüberraschung bereitet hatte. Der ihr eine Idee gegeben hat, sich, die Welt und ihr zukünftiges Leben mit anderen Augen zu sehen. Der alte Mann wollte sich gerade umdrehen und zu seiner Theke zurückkehren, als Nina seine Hand ergriff und ihn festhielt.

»Können Sie mir bitte noch sagen, wo ich sein Bed & Breakfast finde?« Sie musste plötzlich lächeln. Wie gut sich das trifft. Sie würde Sean Brannon nicht nur kennenlernen, sie würde bei ihm wohnen. Vielleicht ergab sich so auch die Möglichkeit, mit seiner Frau zu sprechen.

»Sie können es nicht verfehlen. Einfach hier die Straße runter, es ist direkt das erste Haus hinter der Brücke.«

»Vielen Dank.« Nina war nun aufgeregt, aber zunächst noch forderte der Hunger seinen Tribut, und sie begann damit, ihren Salat zu essen.

Eine halbe Stunde später ging sie die leicht abschüssige Hauptstraße hinunter. Sie passierte zwei Bars und eine kleine Tankstelle, die mit einer uralten Zapfsäule und einem kleinen Shop aus der Zeit gefallen zu sein schien. Dann beschrieb die Straße eine Rechtskurve und passierte über eine Steinbrücke den Glen River. Direkt hinter der Brücke stand auf der linken Seite ein einzelnes Haus, von der Straße etwas zurück gesetzt, mit einem Vorgarten, der jedoch schon länger nicht mehr gepflegt worden zu sein schien. Das Grundstück wurde umfasst von einer kniehohen Steinmauer, die nur von einem breiten Tor für den hauseigenen Parkplatz und einem kleineren zum Eingang unterbrochen wurde. Haus und Mauer waren in einem ganz leicht türkisfarbenen Ton gestrichen, während die Tore, die Eingangstür, die Fensterbänke sowie die beiden Schornsteine einen Kontrast in Dunkelrot bildeten. Außerdem war ein dunkelrotes Holzschild über der Haustüre angebracht, auf dem in weißen Lettern »Bed & Breakfast« geschrieben stand. Nina öffnete das kleine Tor in der Mauer und schritt auf die Haustüre zu. Sie hielt etwas inne, atmete einmal tief durch, dann klingelte sie.

Es dauerte eine gefühlte Ewigkeit, dann hörte sie im Inneren eine Zimmertür aufgehen und dann Schritte. Die Tür wurde einen Spalt geöffnet, und Sean Brannon blinzelte sie aus verschlafenen Augen an. Es war vier Uhr nachmittags. Brannon trug Hausschuhe, eine zerknitterte Stoffhose und ein Unterhemd. Seine dunklen Haare waren zerzaust, als habe er gerade auf der Couch geschlafen.

»Was gibt es?« Seine Stimme klang schroff.

Nina musterte den Mann, den sie in den letzten 24 Stunden so oft auf dem Titelbild angesehen hatte. Etwas stimmte nicht. Seine Augen machten nicht nur einen verschlafenen Eindruck, sie waren kraftlos. Es lag überhaupt kein Glanz in ihnen, und nichts war geblieben von der inneren Ruhe und Zuversicht, den sein Blick auf dem Cover auszeichnete. Es war, als habe irgendetwas in seinem Inneren den Betrieb eingestellt. Trotzdem strahlte seine übrige Erscheinung eine Präsenz aus, die Nina auf Anhieb mehr faszinierte, als die bloße Abbildung seines Äußeren auf dem Titel der Zeitschrift. Er war groß und breitschultrig, was auf dem Bild nicht gleich zu erkennen war.

»Was ist denn zum Teufel?«, fuhr er sie an.

»Ich wollte nach einem Zimmer fragen«, erwiderte Nina in dem unschuldigsten Tonfall, den sie erzeugen konnte. Brannon richtete sich auf und rieb sich mit der rechten Faust durch die Augen.

»Ach so. Natürlich.« Sein Tonfall wurde schon etwas versöhnlicher. »Entschuldigen Sie, ich hatte mich etwas hingelegt, und ich bin wohl noch nicht ganz wach. Kommen Sie herein.« Er öffnete nun die Tür vollends und ließ sie an sich vorbei in die Diele. Es war dunkel. An einer schwarzen, gusseisernen Hakenleiste hingen ein paar Jacken und ein Mantel, ansonsten gab es eine dunkelbraune Kommode unter einem Spiegel vor dunkelblau tapezierten Wänden.

Das war's.

Brannon ging vor und steuerte auf eine Zwischentür am anderen Ende der langen Diele zu. Dahinter gab es eine zweite Diele, quer zur ersten, die in hellen Beigetönen gehalten war und durch die beiden Fenster an den Giebelseiten mit Licht geflutet wurde. Hier führte eine Treppe in das obere Stockwerk, wo sie in einem Gang mit hölzerner Balustrade mündete, von dem drei Zimmer und ein Bad abgingen.

»Suchen Sie sich eins aus«, sagte der Mann und wies mit dem ausgestreckten Arm auf die drei Zimmertüren. Nina betrat direkt das erste Zimmer gegenüber der Treppe. Es war sehr einfach eingerichtet. Zwei einzelne Betten, ein Schrank, ein Tisch, ein Stuhl. An der Wand hing ein Stillleben mit Rosen.

»Das ist das Rosenzimmer. Gute Wahl.«

»Was hängt in den anderen?«

»Tulpen und Disteln. Es sind 35 pro Nacht. Wenn Sie Frühstück möchten, wären es 40. Würde es Ihnen etwas ausmachen, im Voraus zu bezahlen?«

Wenn sie die Andeutungen des Wirts aus dem Hostel richtig interpretierte, ging es Brannon finanziell nicht so gut. Er war kein Lehrer mehr, arbeitete für einen Supermarkt als Lieferfahrer und versuchte, sein Auskommen mit der Vermietung von Zimmern aufzubessern. Nina holte ihr Portemonnaie aus der Reisetasche und reichte ihrem Vermieter achtzig Euro mit der Bemerkung, dass sie zunächst zwei Nächte zu bleiben gedenke. Dieser nahm das

Geld und steckte es sich in die Hosentasche. Dann öffnete er die Schublade des im Raum befindlichen Tisches und übergab ihr einen Schlüssel, der darin gelegen hatte.

»Der ist für die Haustür. Verlieren Sie ihn nicht. Der Schlüssel für die Zimmertür steckt. Und jetzt entschuldigen Sie mich. Ich muss noch einmal weg. Wenn Sie die Treppe hinunter gehen, finden Sie hinter der rechten Tür die Küche. Ich würde Ihnen zwar gerne einen Begrüßungstee machen, aber ich bin schon zu spät. Fühlen Sie sich wie zu Hause.«

Dann stürmte er die Treppe hinunter. Sie hörte, wie er in einem anderen Zimmer verschwand und kurz darauf, wie die Haustüre von außen zugeworfen wurde. Sie sah aus dem Fenster und sah ihn über die Brücke in das kleine Zentrum von Carrick eilen.

Die Küche sah verheerend aus. Nachdem Nina ihre Sachen im Schrank ihres Rosenzimmers verstaut und die Toilette aufgesucht hatte, war sie tatsächlich hinunter in die Küche gegangen, um sich einen Tee zu machen. Die Gästezimmer im oberen Stock und auch das Bad hatten einen einfachen, aber sauberen und gepflegten Eindruck gemacht. Der Anblick, der sich ihr nun in der Küche bot, spottete diesem ersten Bild. Überall stand dreckiges Geschirr herum, sowohl auf der Arbeitsplatte als auch auf dem Tisch im Zentrum des Raums. An der Wand mit dem Fenster erspähte sie einige leere und fast leere Whiskeyflaschen. Auf dem Tisch und auf den Stühlen lagen leer gegessene Packungen von Fast Food, teils schon etwas länger, wie sie an den verkrusteten Resten erkennen konnte. Ein einfacher Blecheimer, der als Mülleimer diente, quoll über und roch unangenehm. Nina stemmte die Fäuste in die Hüften und sah sich verwundert um. Entweder war der Mann mit seinem Alltag überfordert, oder er ließ den Haushalt schleifen. Aber wo war seine Frau?

Sie war hierher gekommen, weil sie etwas von Sean Brannon wollte. Es war ihr immer noch nicht so ganz klar, was es war. Aber sie spürte deutlich, dass der Mann, der die Liebe als eine allumfassende, das Leben bejahende und erzeugende Energie beschrieben hatte, der in der Liebe und in ihr allein jenen göttlichen Funken gesehen hat, dass dieser Mann ihr etwas zu sagen hatte. Dass er sie verändern würde, und er hatte ja, ohne es zu wissen, bereits genau damit begonnen.

Was konnte sie ihm geben? Er würde sicher mit ihr reden aus seiner, wie hieß es noch, konstruktiv interessierten Identifikation, also aus Liebe, die er vielleicht in einem grundsätzlich offenen Bewusstsein auch einer Fremden gegenüber empfand. Er würde keine Gegenleistung haben wollen, wenn sie seine innere Einstellung richtig verstanden hatte. Aber Nina war es selbst, die das innere Bedürfnis empfand, mit einem Wohlwollen an ihn zu denken. Und sie könnte gleich hier damit beginnen.

Nina tat so, als spucke sie sich in die Hände, und dann begann sie damit, die Küche wieder auf Vordermann zu bringen.

5

Zwei Stunden später kam Sean Brannon zurück. Er fuhr einen kleinen Lieferwagen auf den hauseigenen Parkplatz. Aus dem Fenster erkannte Nina an der Fahrzeugseite den Schriftzug jenes kleinen Supermarktes, der ihr gegenüber des Slieve League Lodge aufgefallen war. Kurz darauf betrat Brannon die Küche. Nina saß am Tisch und wartete auf ihn. Aus einem Grund, der ihr nicht bewusst war, fehlte ihr der Mut, ihn anzusehen.

Brannon tat einige Schritte durch den Raum, machte dabei den ein oder anderen der Hängeschränke auf, nur um festzustellen, dass alle Tassen und Teller sauber und ordentlich einsortiert waren. Es lagen keine Flaschen mehr herum, der Müll war entsorgt, und alle Küchengeräte, die Arbeitsplatte, der Tisch und sogar der Boden waren geputzt. Dann verließ er die Küche wieder, ohne ein einziges Wort an Nina gerichtet zu haben. Sie hörte, wie er das Zimmer betrat, das im unteren Stock auf der anderen Seite der Diele lag. Das war vermutlich sein Schlaf- oder Aufenthaltsraum.

Kurz darauf kam er zurück. In der Hand hielt er eine neue und volle Flasche Jameson Whiskey. Er holte zwei Gläser aus einem der Küchenschränke und setzte sich zu Nina an den Tisch. Dann goss er beide Gläser mit Whiskey voll und schob ihr eines davon hin.

»Was soll das?«, fragte er leicht gereizt.

»Waren Sie das, oder war meine Frau hier?«

Nina sah hinunter in die ruhige, schimmernde und bernsteinfarbene Flüssigkeit in ihrem Glas. Ohne zu ihrem Gastgeber aufzusehen, antwortete sie:

»Ihre Frau habe ich nicht gesehen, während sie weg waren. Aber Sie hatten mir angeboten, ich dürfe mir in der

Küche einen Tee machen und mich wie zu Hause fühlen. Zu Hause pflege ich die Teetassen zu spülen, bevor ich aus ihnen trinke, also habe ich das auch hier getan.«

Sie nahm einen kleinen Schluck, und der scharfe Alkohol brannte in ihrer Kehle, so dass sie erst einmal husten musste.

»Na ja, und danach auch ein wenig mehr«, fügte sie dann hinzu. Aus dem Augenwinkel nahm sie wahr, dass Brannon seinen Whiskey in einem Schluck hinunter goss und sofort wieder nachschenkte. Dann lehnte er sich in seinem Stuhl zurück und sagte:

»Mein Angebot an Sie, sich hier wie zu Hause zu fühlen, schloss die Hausarbeit eigentlich nicht mit ein. Trotzdem vielen Dank. Aber ich muss Sie enttäuschen. Wenn Sie auf der Suche nach einer Stelle sind, werden Sie bei mir nicht fündig. Ich komme selbst kaum über die Runden, wenn ich ehrlich bin.«

Nina fühlte, dass das die geeignete Stelle sei, das Eis zu brechen. Sie schaute zu ihm auf, nahm ihr Glas und hielt es ihm mit einer Geste entgegen, die zum Anstoßen aufforderte. Brannon verstand, stieß sein Glas an das ihre und leerte es erneut in einem Zug.

»Mister Brannon, ich bin nicht wegen einer Stelle hier«, ließ sie sich nun vernehmen. »Wenn ich meinerseits ehrlich sein darf«, fuhr sie fort, »ich bin vergleichsweise wohlhabend.« Dann kniff sie die Augen zusammen und leerte auch ihr Glas.

Diesmal ohne zu husten.

»Mister Brannon, ich hatte gestern Geburtstag.«

»Meinen Glückwunsch nachträglich!«

Nina nickte als Zeichen eines rhetorischen Dankes.

»Ich komme aus Deutschland, und ich habe mich gestern ganz spontan entschlossen, nach Irland zu fliegen.«

»Aha!«

Nina kramte die Ausgabe der »Psychologie Heute« aus ihrem Rucksack und schob sie ihm mit dem Titelbild nach oben zu.

»Ich bin hergekommen, um diesen Mann zu finden. Und mir scheint, das ist mir gelungen.«

Der Mann, der ihr gegenüber saß, starrte auf die Zeitschrift, dann starrte er Nina an. Dann heftete sich sein Blick wieder auf das Titelbild, dann wieder auf Nina. Nachdem die erste Verblüffung verschwunden war, stützte er sich mit seinen Ellenbogen auf der Tischplatte ab und beugte sich vor.

»Warum?«

Sein Ton war leise und zischend. Die Frage ähnelte dem drohenden Fauchen einer Raubkatze.

Nina spürte sofort, dass etwas schief gelaufen war. Sie wusste auch nicht recht, was sie jetzt antworten sollte. Sie wagte es auch nicht, ihm ihr Glas zuzuschieben, obwohl eine solche Geste ihr wie ein versöhnliches Zeichen erschien.

»Ich ...«, sie suchte nach Worten, »... ich, also, da ist Ihr Aufsatz, den Sie für die »Spirit« geschrieben haben, in einer deutschen Übersetzung in dieser Zeitschrift. Zusammen mit einem Interview mit Ihnen.«

Brannon wurde laut: »Das weiß ich! Sie brauchen mir nichts zu erzählen, was ich selber weiß. Immerhin habe ich dieses Interview vor drei Jahren ja selbst gegeben.« Dann wurde seine Stimme wieder gefährlich ruhig: »Ich möchte wissen, warum Sie mich aufgesucht haben.« Dann schrie er: »Warum sind Sie hier?«

Nina bekam es plötzlich mit der Angst zu tun und sah ihn aus großen Augen an. Sie traute sich kaum, zu sagen, was sie sagen wollte, tat es aber trotzdem:

»Ich wollte Sie persönlich kennenlernen, um mit Ihnen zu reden. Über die Liebe.«

Brannon sprang empört auf und wischte mit einer ausholenden Handbewegung sein halbvolles Glas vom Tisch, so dass dieses auf den Fliesen zersprang und der Rest Whiskey in den Fugen kleine, hellbraune Linien bildete.

»Ach Du heilige Scheiße!«, fluchte er mit einem flehenden Blick gen Himmel. »Jetzt kommen sogar Fotzen aus dem Ausland her, um von mir zu erfahren, was sie von Natur aus nicht begreifen können.«

Dann drehte er sich um und verließ stampfend das Haus. Nina sah aus dem Fenster, wie er erneut über die Brücke Richtung Stadt marschierte, für sie unhörbar vor sich hin fluchend.

Was war denn das, fragte sie sich. Das war doch nicht der Mann, der aus der Liebe ein Heiligtum gemacht hatte. »Fotze« hatte er sie genannt. Was hatte ihn so wütend gemacht? Sie erinnerte sich an die Aussage der Schulsekretärin, dass sein Vertrag nicht verlängert wurde, weil sein Denken und Handeln nicht mehr vermittelbar gewesen waren. Irland ist ein   erzkatholisches Land. Vermutlich wurde Sean Brannon seit der Veröffentlichung seiner Thesen überall mit Kritik überhäuft. Möglicherweise hatte er sogar hier in seiner Heimatstadt Schwierigkeiten bekommen.

Vielleicht würde er sich gerne von seinen Thesen distanzieren, aber dafür war es inzwischen zu spät. Das geschriebene, das gedruckte Wort ist nicht mehr rückgängig zu machen.

Wer schreibt, der bleibt.

Dieses geflügelte Wort kannte Nina aus ihrem Kanzleialltag nur zu gut. Hier hatte es plötzlich eine traurige und bittere Bedeutung.

War seine Frau womöglich vor den permanenten Anfeindungen geflohen? War sie es vielleicht leid gewesen, von ehemaligen Bekannten als eine Frau angemacht zu werden, die es mit mehreren trieb?

Nina nahm die Flasche, die Sean zurückgelassen hatte. Sie schenkte sich noch einen Schluck ein, den auch sie nun in einem Zug hinunter schluckte. Dann stand sie auf und verließ ebenfalls das Haus, um über die alte Steinbrücke auf das Stadtzentrum zuzusteuern.

Sie fand ihn im Slieve League Lodge. Er stand mit anderen Männern an der Bar und hielt sich an einem Glas Guinness fest, neben dem ein Whiskey stand. Während sich die anderen Männer unterhielten, starrte Brannon nur in eine imaginäre Ferne und trank gelegentlich von seinem Bier. Nina hatte keine Angst. Sie fühlte eine nie gekannte Ruhe in sich. Vielleicht lag das an dem Whiskey, den sie getrunken hatte. Vielleicht lag es aber auch an einem anderen Gefühl, das sich ebenso in ihr ausbreitete, wie die Wärme, die der getrunkene Whiskey erzeugte. Nina empfand ein ganz dichtes, ihren Brustkorb füllendes Mitgefühl, aus dem heraus sie sich plötzlich zu diesem unfreundlichen, ja fast schon aggressiven Mann hingezogen fühlte wie zu einem schwer verletzten und daher gefährlichen Tier. Sie war eigentlich nach Irland geflogen, weil sie von dem Mann aus der Zeitschrift eine Hilfe für ihr Leben erhoffte. In diesem Moment, als sie ihn von der Eingangstür aus an der Bar sitzen und in die Ferne starren sah, wusste sie, dass er die ihre nötig hatte. Offensichtlich galt es, etwas anderes aufzuräumen als nur eine Küche. Sie betrat den Schankraum und setzte sich auf einen Barhocker direkt neben den scheinbar abwesenden Mann mit den breiten Schultern und den blauen Augen. Als der Wirt sie ansprach, deutete sie auf die beiden Getränke Brannons und orderte dasselbe. Es blieb ihr nicht verborgen, dass die Gespräche der anderen Männer verstummt waren. Auch Nina sagte nichts. Sie saß ruhig auf ihrem Barhocker, ließ das samtene, schwarze Bier durch ihre Kehle laufen und sah in die gleiche Richtung, in die der Mann neben ihr sah. Die anderen, die eben noch im Gespräch vertieft einander zugewandt standen, drehten sich nun zur Bar und nahmen auf ihren Hockern Platz. Sie bestellten sich beim Wirt mit einer Handbewegung ein neues Getränk. Dieser wiederum bediente seine Zapfanlage bedächtig und ruhig. Obwohl die Anwesenden ganz unbeteiligt zu sein schienen, war ihre Anspannung zu fühlen. Hätte sich Nina nicht ebenfalls auf jenen imaginären fernen Punkt konzentriert, auf den sich Brannons Augen hefteten, wäre ihr aufgefallen, dass die Lippen einiger Männer von einem wissenden Lächeln umspielt wurden. Brannon löste seine Finger von seinem Bierglas und ergriff seinen Whiskey. Er leerte das Glas und schob es, zunächst wortlos, dem Wirt entgegen. Dieser griff nach einer Flasche Jameson und schenkte erneut ein. Dann erfüllte Brannons dunkle Stimme den Raum:

»Ron?«

Damit schien der Wirt gemeint zu sein, denn der antwortete ganz ruhig, während er mit einem Tuch ein Glas polierte.

»Ja, Sean?«

»Das ist die Frau.«

»Habe ich mir schon gedacht, Sean.«

Brannon nahm einen Schluck Whiskey und fuhr fort, ohne seinen Blick aus der Ferne zu nehmen:

»Sie kommt extra aus Deutschland hierher in dieses Drecksnest, nur um von mir zu hören, was die Liebe ist. Kannst Du Dir das vorstellen?«

»Wirst Du es ihr erklären?«

Jetzt drehte sich Sean Brannon zu Ron und sah ihn an.

»Ich finde, wenn sie so eine lange Reise gemacht hat, um zu erfahren, was für sie immer ein unergründliches Geheimnis bleiben wird, hat sie es sich verdient. Was meinst Du?«

Ron und die anderen nickten. Dann drehte er sich zu Nina. Doch bevor er sie ansprach, stellte der Wirt ihr einen neuen Whiskey hin, legte seine Hand auf ihre Schulter und sagte: »Und jetzt, junge Frau, geht es auf eine noch längere Reise. Zurück in die Vergangenheit.«

Sean Brannon erhob sein Glas und prostete Nina zu.

»Sie haben meinen Aufsatz gelesen?«

Nina stieß ihr Glas an das seine, sah ihm in die Augen und nickte.

»Was Sie gelesen haben, ist Bullshit!«

Überrascht zog Nina die Augenbrauen hoch.

»Wie bitte?«

»Es ist Bullshit! Sie haben das romantisierende Gestammel eines geblendeten Mannes gelesen. Eines Mannes, verstehen Sie? Das sind jene Wesen, die so etwas wie die Liebe erfunden haben, wussten Sie das?«

Nina wusste überhaupt nicht, worauf Brannon hinaus wollte. Was erzählte er denn da?

»Es ist Ihnen doch bestimmt bekannt, dass Männer ganz allgemein als das rationale Geschlecht und Frauen als das emotionale Geschlecht bezeichnet werden, oder?«

»Ja, aber was ...?«

»Hören Sie einfach zu. Deswegen sind Sie doch hier, oder?

Das ist genau so ein Bullshit wie mein berühmter Aufsatz. Es ist in Wirklichkeit genau umgekehrt. Wir werden nämlich immer noch in maßgeblicher Weise von jenem Programm gesteuert, das sich in uns seit der Steinzeit entwickelt hat. So sieht es aus. Wofür waren Männer damals verantwortlich? Für die Jagd und den Kampf«, gab er selbst die Antwort. Dann nahm er einen Schluck Guinness und fuhr fort:

»Und wissen Sie, was man können muss, um dabei erfolgreich zu sein? Man muss es im Team machen. Zusammen mit 20 anderen männlichen Jägern, und das Entscheidende dabei ist nicht ihre Fähigkeit, einen Speer zu werfen oder einen Knüppel zu schlagen. Das Entscheidende ist, das Mammut einzukesseln und zu isolieren. Die Männer mussten sich auf 20 Meter Abstand voneinander verstehen. Ohne Worte. Sie mussten spüren, was die weit entfernten Nebenmänner tun würden. Und sie mussten gleichzeitig das Tier verstehen und sein Handeln antizipieren«. Seine Stimme erhob sich beim nächsten Satz und wurde etwas lauter: »Wissen Sie, was man braucht, um das alles zu können?«

Nina versuchte sich mit einer Antwort:

»Eine Zeichensprache?«

Dann wurde Brannons Stimme beschwörend:

»Empathie! Sie brauchten Empathie. Sie mussten fühlen können. Diese Fähigkeit haben Männer im Laufe der Jahrtausende fast bis zur Perfektion entwickelt. Sie spürten, was der andere tun wird. Sie spürten Gefahr. Sie spürten das Tier. Ihre Aufgabe verlangte es, sich in andere hineinversetzen zu können. Mit ihnen zu fühlen. Nuancen wahrzunehmen. Männer sind emotionale Wesen!«

»Das verstehe ich ja, aber ...«, versuchte Nina es mit einem Einwand, aber Sean Brannon ließ sich nicht unterbrechen.

»Und Frauen? Frauen waren dafür verantwortlich, eine

Unterkunft, eine Höhle zu finden und zu verwalten. Und das taten sie nicht mit einem besonderen Augenmerk auf das Design oder die Schönheit der natürlichen Architektur. Das interessierte sie einen Scheißdreck. Sie suchten das Lager für sich, die Familie oder die Sippe anhand rein rationaler Erwägungen. Schützte es vor dem Wetter und vor wilden Tieren? Bot es die Möglichkeit, im Inneren ein Feuer zu unterhalten? War seine Lage strategisch günstig, um schnell an Wasser oder zu den Jagdgebieten zu kommen? War es gleichermaßen versteckt, aber so gelegen, dass man selbst weit schauen konnte und so weiter, verstehen Sie? Was Frauen fast bis zur Perfektion entwickelt haben, ist, nach ganz pragmatischen Gesichtspunkten zu urteilen und zu handeln. Sie sind das rationale Geschlecht, Männer das emotionale. Schauen Sie sich doch bei Männern und Frauen die maßgeblichen Beweggründe an, sich beim Kauf für ein bestimmtes Auto zu entscheiden. Männer kaufen es wegen des Gefühls, das sie bei dem Auto empfinden. Und Frauen? Ein Frauenauto ist ein rollender Pragmatismus auf vier Rädern! Wir alle sind immer noch Steinzeitmenschen.«

Brannon hielt seinen Vortrag zwar mit einer leicht lallenden Stimme, aber Nina spürte auch eine gewisse Befriedigung in seinem Ton. Es machte fast den Anschein, als vergnügten ihn seine eigenen Ausführungen. Brannon leerte seinen Whiskey und schob das leere Glas hinter sich, wo es ein grinsender Ron wieder auffüllte. Nina sah in die Gesichter der anderen. Rollende Augen und ein schadenfreudiges Lächeln in den Mundwinkeln, das die Farbe eines auswendig vorhandenen Wissens hatte, verrieten ihr, dass sich die Männer an der Theke diese Steinzeit-Theorie schon tausendmal von einem betrunkenen Brannon hatten erläutern lassen müssen.

Und während diese Belehrungstirade sie an einem anderen Abend ganz bestimmt nervte, schien es ihnen nun Vergnügen zu bereiten, dabei zu sein, wenn diese dumme Gans aus dem fernen Deutschland von ihrem geheimnisvollen Liebes-Guru, zu dem sie gepilgert war, eine Standpauke über die wahre Natur der Liebe bekam. Brannon redete weiter, obwohl man inzwischen deutlich hören konnte, dass seine Zunge nach den Bieren und dem Whiskey schwerer wurde.

»Und jetzt kommen wir dazu, wie die ...«, er hielt inne und legte seine Hand auf Ninas Bein.

»Wie heißt Du eigentlich?«

Nina ließ seine Hand dort liegen, wo sie lag.

»Nadine, aber ich werde Nina gerufen.«

»Okay! Also Nina, kommen wir nun dazu wie die Liebe entstand und was genau sie ist. Das Leben war hart damals in der Steinzeit, und es wurde wahrlich nicht einfacher mit Kindern. Ein Kind erschwerte die Sache. Es verlangsamte die Mobilität, es war ein zusätzlicher Esser, brauchte Schutz und verlangte viel Zeit, um aufgezogen und mit Fertigkeiten ausgestattet zu werden, bevor es, sagen wir, nützlich wurde. Ich glaube, es gibt nahezu keine anderen Tiere, bei denen die Aufzucht der Kinder so lange dauert wie beim Menschen. In dieser Zeit war das für Frauen sehr riskant. Lässt der Mann sie sitzen, ist sie mit einem Baby fast sicher dem Tode geweiht, wenn sie nicht von der Sippe durchgefüttert wird. Aber keine Sorge. Der Mann wird sich um seinen Nachwuchs schon kümmern, wenn es denn sein eigener ist. Und da ist das Problem. Von den beiden Elternteilen weiß natürlich nur eine Mutter hundertprozentig, dass ihr Kind auch wirklich das ihre ist. Beim Mann bleiben immer gewisse Restzweifel. Bis heute, würde ich fast sagen. Um sich selbst davon zu überzeugen, jahrelang für Frau und Kind zu sorgen, hat er die Liebe zur Frau erfunden.«

»Wie bitte?« Nina sah ihn mit großen Augen an.

»So ist es! Der Mann hat aus seinen besonderen emotionalen Fähigkeiten eine besonders intensiv ausgeprägte Form der Sympathie entwickelt.«

»Aber Sie haben doch geschrieben, dass Sympathie nicht ...«

»Ich weiß, was ich geschrieben habe«, fuhr Brannon dazwischen, »ich sagte doch: Bullshit. Damals habe ich selbst geglaubt, die Liebe sei ein Zustand, der sich über die Natur erhebt, von ihr unabhängig ist. Aber ich habe mich eines Besseren besonnen.«

Erneut kippte er den soeben nachgefüllten Whiskey hinunter. Dann fuhr er fort:

»Für Frauen ergab sich der Bedarf nicht, die Verbindung zu ihrem Versorger über eine emotionale Krücke zu festigen. Wozu auch? Es ging darum, beschützt und versorgt zu werden sowie in sicheren Rahmenbedingungen für die Aufzucht ihres Nachwuchses zu leben. Du bist doch eine intelligente Frau, Nina. Du wirst nicht ernsthaft bestreiten wollen, dass das auch heute noch die primäre Triebfeder weiblichen Handelns ist. Die Zeitungen sind voll davon. Die Gesellschaft ist voll davon. Und gebrochene Herzen sind voll mit dem Schmerz des nüchtern und abgeklärt abwägenden weiblichen Rationalismus.«

Nina hatte ebenso gespannt wie sprachlos zugehört. Ihr kamen immer wieder die Bilder ihrer eigenen Vergangenheit hoch, und sie schaffte es nicht, Brannons neuerliche Sicht der Dinge einfach so mit einem Handstreich von jener Theke zu fegen, auf der er sie ausgebreitet hatte. Außerdem fiel es auch ihr von Minute zu Minute schwerer, ein ausreichendes Maß an Konzentration für klare Gedanken aufzubringen.

Plötzlich stand Sean Brannon auf, hielt sich etwas mühsam an der Theke fest und fischte mit der rechten Hand die achtzig Euro aus der Hosentasche, die sie ihm am Nachmittag als Zweitagesmiete gegeben hatte. Vierzig davon knallte er auf die Theke und schob sie Ron hinüber, um zu bezahlen, was er getrunken hatte. Die anderen vierzig Euro drückte er Nina in die Hand. Dann sagte er: »Ich möchte, dass Du morgen verschwindest. Gute Nacht.« Er wartete keine Reaktion ab, sondern ging an ihr vorbei und torkelte aus dem Schankraum hinaus.

Nina schaute sich um. Ron und die anderen drei Männer sahen sie an. Aus ihren Blicken sprach eine Mischung aus Mitleid und Belustigung, angereichert jedoch mit einem achselzuckenden 'Tja …'

Nina drückte ihren Oberkörper gerade, legte die vierzig Euro vor sich auf die Theke und bat Ron, jedem Anwesenden, Ron und sich selbst eingeschlossen, einen Whiskey einzuschenken, und nachdem jeder sein Glas erhalten hatte, erhob sie das ihre und sagte:

»Auf die Liebe!«

»Auf die Liebe!«, kam es aus vier Mündern zurück.

Als der Wirt anschließend zu ihr kam, um ihr leeres Glas zu nehmen, ergriff sie seine Hand, so wie sie es schon bei ihrer Ankunft am Nachmittag getan hatte. Sie sah zuerst ihm in die Augen und drehte sich danach zu den drei anderen um, die ihrerseits aufmerksam verfolgten, was sie tat. Dann wendete sie sich erneut an den Wirt: »Sagen Sie, Ron, kann es sein, dass seine Frau ihn verlassen hat?«

Ron presste die Lippen aufeinander und senkte leicht den

Blick. Dann nickte er.

»Wann?«

»Vor anderthalb Jahren.«

»Was ist passiert?« Nina sah zu den anderen drei Männern hinüber. »Hat man sie hier angemacht wegen ihres Verhältnisses zu einem anderen Mann in Cork? Wurde sie gemobbt? Ich meine, ich kann mir das gut vorstellen in so einem Nest wie diesem hier. Sie wurde als untreue Hure abgestempelt, oder? Ist sie deshalb weggelaufen?«

Ron sah nun seinerseits zu seinen anderen Gästen hinüber, so als vergewissere er sich ihrer Zustimmung für das, was er nun sagte:

»Nein, so eine war sie nicht. Susan genoss überall einen großen Respekt. Wer versucht hätte, sie zu beleidigen oder anzumachen, dem hätte sie, ohne mit der Wimper zu zucken, na …, Sie wissen schon.«

Von der Bar rief einer der Männer: »... in die Eier getreten! Sag es ruhig, Ron! Susan hätte sich nichts, von niemandem, gefallen lassen.«

Der Mann, der das gerufen hatte, stand auf und trat nun an Nina heran. Er legte ihr kameradschaftlich den Arm auf die Schultern und sagte in einem mehr als süffisanten Tonfall: »Manchmal, Schätzchen, ist es viel einfacher und simpler, wie der gute, alte Sean jetzt sagen würde. Nicht wahr, Ron? Warum sollte man sich mit himmlischen Bewusstseinszuständen und einer sich magisch ins Leben gebärenden, geheimnisvollen Gottesenergie herumplagen, wenn die nackte und bittere Wahrheit in Wirklichkeit doch so einfach ist?«

»Ich verstehe nicht?« erwiderte Nina und versuchte, sich aus seiner jovialen Umarmung heraus zu winden.

Der Mann nahm seinen Arm zurück, richtete sich auf und

antwortete: »Was ist daran so schwer, Schätzchen? Sie haben Sean rausgeschmissen, und im ganzen Land hat sich keine andere Schule bereit gefunden, ihn anzustellen. Du hast ihn doch gesehen. Er lebt mehr schlecht als recht davon, Lebensmittel auszufahren, Zimmer zu vermieten und bei der Schafschur auf den umliegenden Höfen auszuhelfen.« Und dann betonte er jedes der folgenden drei Worte:

»Er ist arm!«

In Ninas Blick spiegelte sich Entsetzen. Ihre Augen wanderten von einem zum anderen, und sie erntete nur bestätigendes Nicken. Sie stammelte:

»Sie meinen, seine Frau ist ...«

Der Mann neben ihr nahm den Faden auf:

»Ganz genau! Du musst wissen, dass ihr Stecher in Cork ein großes Tier in einem internationalen Konzern ist. Der ist ziemlich reich. Also ..?«

Er drehte seine Handflächen nach oben und wog mit ihnen zwei imaginäre, scheinbar in ihnen liegende Gewichte, indem er sie abwechselnd auf und ab bewegte und dabei mit seinen Augen bei jedem Wiegen mal die linke und dann die rechte Hand betrachtete. Diese Geste begleitete er mit geschürzten Lippen und einem abschätzigen Schmatzen.

»Hier ein spartanisches Leben in einer abgelegenen Provinz, fast am Ende der Insel, mit einem von allen Perspektiven abgeschnittenen Lieferwagenfahrer, ohne Aussicht darauf, sich beizeiten einmal etwas leisten zu können, und dort ...«, er wanderte mit seinen Augen zu der anderen Hand, »... ein Leben in Wohlstand und Luxus in der Großstadt, ohne finanzielle Sorgen, mit einer eigenen Kreditkarte ausgestattet, gekleidet in der neuesten Mode und verwöhnt mit regelmäßigen kulinarischen und kulturellen

Highlights, sowie mindestens zwei Urlauben in den schönsten Gegenden der Welt. Keine Frage, Schätzchen, Du hättest genauso entschieden.«

»Natürlich nicht«, protestierte Nina, »ich hätte ...«

Dann verstummte sie.

Sie spürte, dass sie blass wurde, und sie sah, dass der Mann vor ihr das bemerkte, denn er lächelte plötzlich mit hochgezogenen Augenbrauen und auf eine Art, die in überheblicher Manier sagen wollte, er habe sie ertappt.

Nun fingen ihre Augenlider an zu flackern, und irgend etwas drängte sich aus tiefster Kehle nach oben, das in höchstens einer halben Sekunde oben sein würde. Nina legte sich den Zeigefinger quer zwischen die Zähne und biss darauf, um das nach oben Drängende wieder hinunter zu schlucken.

Ihr wurde schlecht.

Vom Bier. Vom Whiskey.

Von der guten, alten Steinzeit.

Sie atmete jetzt langsam und schwer, drehte sich mit ihrem Barhocker wieder zur Bar und hielt Ron ihr Geld hin, damit er davon nehme, was ihm zusteht. Konnte das, was aus Brannons Mund eben noch so hanebüchen geklungen hatte, nicht doch wahr sein? Ihr kamen all die Scheidungsfälle in den Sinn, die ihre Kanzlei jedes Jahr behandelte. Sie wurden fast ausschließlich von Frauen eingereicht, die nahezu alle in ihrem Alter waren und sich in ihrer Ehe irgendwie abgeschnitten fühlten. Abgeschnitten von der Hoffnung auf ein anderes, ein besseres Leben. Abgeschnitten von der Möglichkeit, die große, wahre Liebe zu finden, was ihnen mit einer erschreckenden Verlässlichkeit immer dann auffiel, wenn sie sich in der Normalität ihres Lebens und des Alltags die Leidenschaft abgewöhnt hatten.

Nina holte noch einmal ihre Zeitschrift aus ihrem kleinen Rucksack und betrachtete Sean Brannon auf dem Titelbild, wie er ganz gelassen und mit sich im Reinen auf einem rauen Felsbrocken vor diesem türkisfarbenen See saß und in die Kamera lächelte.

Nein!

In seinen Augen, in seinem tiefen, klaren Blick erkannte sie erneut das Gewicht jener Leichtigkeit, die ihn seinerzeit erfüllte, als es ihm noch bewusst war, mit dem ganzen Universum und dessen Reichtum eins zu sein. Die Ereignisse danach hatten ihn heraus gezerrt aus diesem Zustand, der doch so gefestigt schien. Inzwischen war aus seinem Leben etwas geworden, für das nur noch andere Verwendung hatten. Es war also tatsächlich möglich, diesen Zustand der Liebe, den Sean Brannon so wunderschön analysiert und beschrieben hatte, wieder zu verlieren.

Genau wie seinerzeit Frank.

Und diejenigen, die vermutlich von vorneherein überhaupt nicht in diesem Zustand gelebt hatten, wendeten sich ab und schauten sich nach etwas Besserem um.

Wie Susan und sie selbst.

Nina bat Ron um ein großes Glas Leitungswasser, das sie in mehreren großen Schlücken hastig leerte. Das tat gut und lichtete ein wenig den Nebel, den der Whiskey hinter ihrer Stirn herauf hatte ziehen lassen. Brannon tat ihr leid. Mehr noch. Sie begriff, dass sie nicht zu akzeptieren gewillt war, was sie sah. Dieser sensible Mann mit den schönen blauen Augen hatte die unnatürliche Natur der Liebe erkannt und sie in klaren, verständlichen Worten beschrieben. Seine Liebe war zu wertvoll, um verloren zu gehen. Er selbst war zu wertvoll, um verloren zu gehen. Unter der Schwere des

Alkohols, die auf ihr lag, spürte sie plötzlich eine eigentümliche Leichtigkeit in ihrer Brust, in der sich ihre eigenen Fragen, ihre Sorgen und ihre eigenen Bedürfnisse in einer wohltuenden Bedeutungslosigkeit aufzulösen begannen. Sie dachte lächelnd an das Nichts zurück, das sie am Vortag im Bus so deutlich gespürt hatte. Das hier fühlte sich ähnlich an. Der entstandene Raum in ihrem Inneren hatte auch keine Farbe, kein Gewicht und keine Temperatur. Aber obwohl er sich unglaublich leicht anfühlte, war er nicht leer. Er hatte eine unbeschreibliche Fülle, in der alles zu finden war, was es gab.

Nina musste an einen Zeichentrickfilm denken, den sie als junges Mädchen mit ihrer Großmutter gesehen hatte. Es ging um einen verschlossenen Holzfäller, dem seine Mitmenschen gleichgültig waren und der weder Freunde hatte noch welche wollte. Dann, eines Tages, begegnete ihm im Wald eine Fee, die es schaffte, sein Vertrauen zu gewinnen. Von nun an besuchte die Fee den Holzfäller jeden Tag im Wald. Sie ließ ihn sich selber sehen, und mit der Zeit begann der Holzfäller, sich zu verändern. Er entdeckte Güte, Mitgefühl und die Liebe in sich. Ohne dass er es bemerkte, hatte die Fee ihn in einen liebenden Menschen verwandelt.

Ihre Großmutter hatte damals gesagt, dass Nina in ihren Augen auch so eine Fee sei. Nun saß sie am Ende der Welt in einem irischen Kaff namens Carrick an einer Bar, fühlte sich benebelt und begriff bei einem Blick auf das Titelbild der Zeitschrift mit einer zweifelsfreien Klarheit, dass sie doch immer nur der Holzfäller gewesen war.

Nein, Sean, dachte sie. Ich werde morgen nicht verschwinden. Da kannst Du Dich auf den Kopf stellen. Ich werde bleiben und Dich wieder auf die Füße stellen.

Als Nina kurz darauf zum Haus hinter der Brücke zurückkehrte, lag dieses im Dunkeln. Sie drehte vorsichtig und leise den Schlüssel in der Tür und betrat die Diele. Sie fand den Lichtschalter nicht, also tastete sie sich langsam nach hinten vor und erreichte die zweite Diele, in der die Treppe nach oben führte. Schon als sie den ersten Fuß auf eine Treppenstufe stellte, knarrte diese so laut, dass Nina erschrak. Sie hielt inne. Dann vernahm sie aus jenem Zimmer, das vermutlich Brannons Zimmer war, ein leises Schnarchen.

Sie richtete ihren Blick einmal die Treppe hinauf und ein anderes Mal in Richtung des leisen Schnarchens, aber egal wohin sie schaute, überall war es gleichermaßen schwarz. Vielleicht war es die in sich neu entdeckte Leichtigkeit des Seins, die ihre Einstellungen und Ansichten so bedeutsam relativierte.

Vielleicht war es aber auch der Alkohol, der ihre Angst und Scheu ertränkte und einen nie gekannten Mut an die Oberfläche spülte.

Auf jeden Fall traf sie eine Entscheidung, die ihr später immer wieder so verwegen wie grotesk erschien, die sie aber in diesem Moment elektrisierte. Sie nahm ihren Fuß von der Treppenstufe und steuerte im Dunkeln vorsichtig auf das Schnarchen zu. Als sie sein Zimmer erreichte, tastete sie nach der Türklinke und drückte sie vorsichtig nach unten. Die Tür war nicht verschlossen und öffnete sich nach innen. Zentimeter für Zentimeter öffnete Nina sie, und mit einem bis zum Hals klopfenden Herzen registrierte sie beruhigt, dass die Tür nicht knarrte. Der Raum dahinter wurde nur notdürftig von einem immer mal wieder hinter den Wolken verschwindenden Mond in ein diffuses Dämmerlicht getaucht, in dem kaum etwas zu erkennen war. Nina glaubte, vor dem Fenster einen Tisch auszumachen, und an der rechten Wand war ein großer Schrank zu erkennen. Das leise und ruhige Schnarchen kam aus der hinteren linken Zimmerecke neben dem Fenster. Ganz langsam schloss sie die Tür wieder und schlich mit vorsichtigen Schritten über einen weichen Teppich auf das Schnarchen zu. Das Geräusch war nicht besonders laut und auch nicht unangenehm, es war vielmehr sehr gleichmäßig und beruhigend. Als sie zwischen Tisch und Bett zum Stehen kam, beugte sie sich etwas herab, um in der Dunkelheit mehr erkennen zu können. Brannon lag auf seiner rechten Seite mit dem Gesicht zur Wand.

Er schlief tief und fest.

Nina stellte ihren Rucksack auf den Boden und entledigte sich dann so leise und vorsichtig wie möglich ihrer Kleider, die sie ebenfalls auf den Boden gleiten ließ, bis sie nur noch ihren Slip anhatte. Dann schickte sie ein kleines, nervöses Stoßgebet gen Himmel, dass Sean Brannon nicht aufwachen möge.

Langsam setzte sie sich auf die Bettkante und wartete einen Moment, ob das Schnarchen aufhören und der Mann, in dessen Bett zu steigen sie beabsichtigte, sich umdrehen oder aufrichten würde. Als nichts dergleichen geschah, hob sie die Decke an, unter der er lag, und schob ihren Körper ebenfalls in die darunter vorhandene Wärme. Er trug eine lange Schlafanzughose, aber sein behaarter Oberkörper war nackt. Als sie sich ebenfalls auf ihre rechte Seite legte, sich mit ihrer Brust vorsichtig an seinen warmen Rücken schmiegte und dann ihren linken Arm um seinen Oberkörper schlang, gab es einen kurzen Aussetzer in seiner sanften Schlafmelodie, aber er wachte nicht auf. Nina atmete seinen Geruch ein. Ihr wirbelten seine Worte im Kopf herum. Der

Mann, an den sie sich geschmiegt hatte, war verbittert. Dass seine Frau ihn verlassen hatte, musste ihn so tief verletzt haben, dass er aus dem von ihm selbst beschriebenen Bewusstsein herausgerissen wurde. Der Schock hatte ihn sozusagen seelisch erblinden lassen. Allerdings, das musste sie zugeben, schien er die Fähigkeit zu besitzen, sofort ein neues Modell der Liebe zu entwickeln, das ebenso in sich schlüssig erschien, nur dass sie nicht daran glauben wollte. Der bewusste Brannon war überzeugender gewesen als der verbitterte. Nahezu alles an ihm erinnerte sie an Frank. Er floh vor sich selbst, betrank sich und hatte scheinbar aufgegeben. Plötzlich lächelte sie in die Dunkelheit hinein. Sie amüsierte der Gedanke, dass sie, von Brannons Aufsatz inspiriert, inzwischen mehr zu sehen schien als derzeit Brannon selbst. Es gab für sie keinen Zweifel mehr. Sie war genau am richtigen Ort, und sie würde alles auf eine Karte setzen. Nina küsste die Schulter vor sich und fiel kurz darauf ihrerseits in einen tiefen Schlaf.

6

Pochende Kopfschmerzen waren das erste, das Nina wahrnahm, als sie am nächsten Morgen erwachte. Die Sonne schien, und Nina öffnete ihre Augen nur langsam gegen das unangenehm grelle Licht.

Sie war allein.

Ihr Rucksack und ihre Kleider lagen noch genauso auf dem Boden neben dem Bett, wie sie sie in der Nacht hatte fallen lassen. Von Sean keine Spur. Hatte er sich erschreckt beim Aufwachen? Würde er wütend sein? Oder konnten ihn Frauen mit überhaupt nichts mehr überraschen?

Ob er wohl, während sie schlief, die Gelegenheit genutzt hatte, sie zu berühren? Diese Vorstellung kribbelte im Bauch, und sie kuschelte sich noch einmal in die warme Decke. Sie lauschte angestrengt, ob sie irgendwo im Haus Geräusche vernahm, aber im ganzen Haus war es still.

Dann stand sie auf und zog sich an. Was sie nun brauchte, war ein starker Kaffee und etwas Herzhaftes zwischen die Zähne. Was sie nicht wollte, war ein lauter Brannon. Sie hoffte inständig, dass er über ihre nächtliche Aktion nicht wirklich verärgert war, dass sie vielleicht sogar seine Neugierde auf sie angestachelt haben könnte. Wenn sie ehrlich war, wusste sie an diesem Morgen selbst nicht so recht, was sie davon halten sollte, und sie hatte keinerlei Idee davon, was passieren würde, wenn sie ihm gleich begegnen sollte. Sie öffnete die Zimmertür und betrat die hintere Diele. Dann steuerte sie auf die Küchentür zu und öffnete auch diese. Vorsichtig schob sie ihren Kopf durch den Türspalt, aber die Küche war leer. Sie ging die Treppe hinauf, sah in jedes der drei Gästezimmer und lauschte an der Badezimmertür. Nichts. Sean Brannon war nicht zu Hause.

Nachdem sie geduscht und sich erneut die Jeans und den roten Pullover angezogen hatte, verließ sie das Haus und machte sich auf die Suche. Im Supermarkt erklärte man ihr, dass Sean an diesem Tage nicht arbeitete, also betrat sie das gegenüber liegende Slieve League Lodge. Auch Ron war schon auf den Beinen und stand, offenbar völlig ausgeruht, hinter seiner Bar.

Nina bestellte sich den starken Kaffee, den sie sich wünschte, und ließ sich dazu ein Sandwich bringen.

»Ich suche Sean. Wissen Sie, wo er ist?«, fragte sie den Wirt, als dieser ihr den Kaffee und das Sandwich auf den Tisch stellte.

»Ich kann es mir zumindest vorstellen«, erwiderte dieser. »Haben Sie Ihre deutsche Zeitschrift dabei?«

Nina öffnete ihren Rucksack, holte das Heft heraus und legte es auf den Tisch. Ron tippte mit dem Finger auf das Titelbild und sagte: »Wenn er sonst nirgends zu finden ist, wird er dort sein. An diesem See ist er gerne, wenn er nachdenklich oder traurig ist.« Nina drehte das Heft zu sich und betrachtete das Bild erneut.

»Wo ist das? Wie komme ich da hin?«

»Es ist oben bei den Slieve Leagues. Der große See kurz vor den Aussichtsparkplätzen. Es sind gut zwei Stunden bis nach oben, je nachdem wie gut sie zu Fuß sind. Aber ich kann Ihnen auch mein Fahrrad geben, wenn Sie möchten.«

Das war wirklich sehr nett, und Nina nahm das Angebot gerne an. Sie ließ sich von ihm den Weg erklären, der nicht schwer zu finden sein würde, denn die Klippen waren die große Sehenswürdigkeit der Gegend und der Weg dorthin gut ausgeschildert.

Nachdem sie den wirklich starken Kaffee getrunken, ihr Sandwich gegessen und die ersten paar hundert Meter die

Teelin Road am Glen River entlang gestrampelt war, hatte sie auch ihren kleinen Kater überwunden. Der Weg führte durch die kleinen, äußeren Ansiedlungen von Carrick und zweigte dann nach einer Weile ins Landesinnere ab. Auf der Strecke lag ein großes, weißes Café mit integriertem Craft Store, auf dessen Parkplatz zwei Wohnmobile und ein Kleinbus standen. An den Tischen ließen sich Familien in der Sonne ein Stück Kuchen schmecken.

Möglicherweise würde Nina das auf dem Rückweg auch tun, aber jetzt wollte sie weiterfahren. Sie wollte zu Sean. Da war irgendetwas in ihr, das sie und ihr Fahrrad immer weiter zog. Ihr kam es so vor, als werde sie gerufen. Sie fühlte es ganz deutlich, dass sie es sein sollte, die sich vom Schicksal hierher, in diese karge und zerklüftete Landschaft im Norden Irlands hat entführen lassen, um jenen Mann ins Leben zurückzuholen, der in einer besonders bewussten Phase seines Lebens die Liebe als konstruktiv interessierte Identifikation mit dem Sein entschlüsselte und sie damit zum größten Wunder des Lebens und zu einem Beweis für die Existenz eines von den Naturgesetzen unabhängigen Geistes machte.

Der Weg schlängelte sich immer noch an einzelnen, mitten ins Land platzierten Häusern vorbei. Er führte leicht, aber stetig bergauf, und Nina ging schon bald die Puste aus. Wieder und wieder musste sie absteigen und das Rad ein paar hundert Meter schieben, um zu verschnaufen. Aber sie wollte keine Pause einlegen.

Am Horizont erhoben sich nun große Felsmassive, und dann kam hinter dem letzten Haus, das Nina passierte, kein weiteres mehr. Sie fuhr oder ging an grasbewachsenen Hängen vorbei, wobei Gras und Gestrüpp unregelmäßig vom blanken und kantigen Fels durchbrochen wurde wie von unschönen Geschwüren. Und auch, wenn Nina mit Luft und Kondition zu kämpfen hatte, genoss sie diese urtümliche, wilde Szenerie. Das Land hatte einen rauen Charme und präsentierte sich in einer eigenen, ganz einzigartigen Schönheit. Nina erinnerte sich daran, irgendwann einmal gelesen zu haben, dass Irland und Schottland vor Urzeiten eine gemeinsame Landmasse gebildet hatten, bevor sich die irische Insel vom Festland löste. Und ja, die sie umgebende Landschaft hatte Ähnlichkeit mit den Fotos schottischer Highlands, die sie in Bildbänden so bewunderte.

Mitten in diesem Nirgendwo kam Nina zu ihrer Überraschung an ein langes Tor aus weißem Eisen, das quer über der ganzen Straßenbreite angebracht war und sich links und rechts in einem Maschendrahtzaun fortsetzte, der sich in den Weiten der Landschaft verlor. Als sie an das Tor heran trat, entdeckte sie, dass man es öffnen konnte. Ferner entdeckte sie ein Schild, auf dem geschrieben stand, dass man das Tor nach dem Passieren wieder schließen müsse. Zunächst konnte sie sich nicht erklären, welche Bewandtnis es mit einem solchen Tor mitten in der Wildnis haben könnte, aber nachdem der Weg immer steiler wurde und Nina sich den Klippen näherte, fand sie heraus, dass überall in diesem gigantischen Küstenareal Schafe weideten, die mit verschiedenen Farbklecksen auf ihrer Wolle von den Farmern der Umgebung gekennzeichnet waren.

Diese grasbewachsene, wenn auch felsige Küsten- und Hügellandschaft erstreckte sich kilometerweit in alle Richtungen. Die Schafe wurden hier einfach sich selbst überlassen und nur bei Bedarf geholt. Inzwischen wurde die Steigung wirklich mühsam, und gerade als Nina überlegte, doch eine Pause einzulegen, hatte sie ihr Ziel fast erreicht. Der immer noch asphaltierte Weg machte eine ausholende Schleife, stieg dann noch einmal kräftig an, um letztendlich auf einer Hochebene zu münden, die einen herrlichen Blick freigab auf die unendliche Weite des brausenden Atlantiks. Wäre Nina nicht ohnehin schon aus der Puste gewesen, hätte dieses Panorama ihr den Atem verschlagen. Rechts von ihr erhob sich eine natürliche Mauer aus kargem Fels, die das Fundament für ein zweites Plateau bildete, eine terrassenartige Geländeformation, die inmitten der sie umgebenden Hügel eingebettet lag. Als der Weg seinen letzten Anstieg überwunden hatte und die ihn begleitende Felswand niedriger wurde, konnte Nina über den Rand hinweg sehen. Was sie erblickte, schien ihr vertraut. Ein wunderschöner, großer See, der sich in einer natürlichen Kuhle gebildet hatte, windgeschützt eingerahmt von steinigen Felsen mit spärlichem Bewuchs.

Sie erkannte ihn sofort, obwohl sein Wasser heute nicht türkisfarben anmutete, sondern sich in einem satten Dunkelblau präsentierte, auf dessen gekräuselter Oberfläche silbrige Lichter von der Sonne tanzten.

Nina teilte unmittelbar die Sehnsucht, die Sean Brannon immer wieder an diesen Ort zog. Sie konnte sich lebendig vorstellen, welche Ruhe und Kraft dieser See auf seinen treuen Besucher zu übertragen vermochte. Der See war zwar groß, aber nicht so groß, dass man ihn nicht in seiner Gänze überblicken konnte.

Nina suchte mit ihren Augen die Ufer ab. Sie entdeckte jenen kleinen Felsen, auf dem Brannon für das Titelbild posiert hatte. Er stand wie ein natürlicher Hocker an der Ostseite des Ufers und lud doch tatsächlich dazu ein, auf ihm zu verweilen und in die Energie dieses Ortes einzutauchen.

Nur Sean war nirgendwo zu sehen. Nina setzte sich wieder auf ihr Rad und folgte dem Weg zu den Klippen noch durch zwei weitere Links- und Rechtsschleifen und erreichte dann das Ende des Weges. Er mündete in einen langgezogenen und behelfsmäßig angelegten Parkplatz, auf dem ein paar Autos, zwei Motorräder und ein VW-Bus standen. An seinem westlichen Rand, dort wo es in die Tiefe ging, war ein notdürftiger und nicht besonders stabil erscheinender Zaun angebracht, an dem einige Touristen standen und auf den weiten Ozean hinaus blickten. Hier oben war es deutlich windiger, als in der steinigen Senke, in der sich dieser schöne See gebildet hatte.

Am Ende des Parkplatzes schlängelte sich ein ausgetretener, lehmiger Pfad die Bergkante hinauf. Frauen, Männer und Kinder folgten ihm oder kamen über ihn wieder herunter, nachdem sie ein unglaubliches Naturschauspiel von oben bewundert hatten. Der Atlantik hatte in Jahrtausenden eine tiefe, runde Bucht in den felsigen Berg geschnitten, an deren Ufern nun die vom Wind getriebenen Wellen brandeten. Und dort, wo sie gegen die steinigen Wände schlugen, sammelten sich der Schaum und die Gischt des Meeres. Und darüber erhoben sich über viele hundert Meter die steilen Klippen, die zu sehen die Menschen jeden Tag kamen: Slieve League. Man sagte ihnen nach, die höchsten Meeresklippen Europas zu sein. Nina ließ ihren Blick überall hin wandern, doch sie konnte Sean zwischen den anderen Menschen nicht ausmachen. Ob sie letzten Endes umsonst hierher gekommen war? Vielleicht war Rons Vermutung an diesem Tag nicht zutreffend gewesen, und Sean war nicht hier. Nicht an diesem Tag. Aber Nina sagte sich, dass sie selbst dann nicht umsonst hierher gekommen war. Den Anblick dieses faszinierenden Fleckchens Erde wollte sie nun nicht mehr missen. Sie beendete ihre Suche nach Sean und sog stattdessen die mit dem Salz des Ozeans angereicherte Luft tief in sich ein. Dann machte sie es den anderen nach, stellte ihr Rad ab und erklomm den Pfad, der an kantigen Felsausbrüchen vorbei immer steiler nach oben führte, um sich die beeindruckende Kulisse ebenfalls von oben anzusehen. Ein paar Stellen waren sehr eng, so dass es einige Mühe kostete, den wieder absteigenden Menschen auszuweichen.

Ab und zu legte sie eine kleine Pause ein und blickte zurück auf die gigantische blaue Fläche des Atlantiks, der inzwischen tief unter ihr lag und sich bis zu jener Linie verlor, an der er mit dem Himmel zu verschmelzen schien. Je höher sie kam und je näher sie sich dem Gipfel der Klippen näherte, desto kleiner wurde die Zahl der anderen Menschen. Hier und dort konnte sie einen sehen, der sich andächtig von dieser Natur um ihn herum überwältigen ließ oder nüchtern versuchte, Fotos zu schießen. Irgendwann aber erreichte sie einen Punkt, zu dem kein anderer der Touristen vordringen mochte. Sie war allein.

Der Pfad, auf dem sie zunehmend unsicherer und immer langsamer voran kam, wurde beängstigend schmal, und Nina spürte angesichts des nahen Abgrunds den Impuls zurückzukehren oder sich alternativ nur noch auf allen Vieren weiter zu bewegen.

Als sie sich gerade entschieden hatte, wieder zurück zu gehen, dorthin wo Grund und Boden breiter und sicherer waren, erspähte sie einen einzelnen Mann etwa hundertfünfzig Meter vor sich. Er stand aufrecht auf einem Teilstück dieses extrem schmalen Pfades, nur wenige Zentimeter von der Kante der Klippen entfernt. Er stand ebenso stocksteif wie seelenruhig da und schaute über die

Kante in die Tiefe. Der kräftige Wind, dem sein breiter Körper dort oben ausgesetzt war, zerrte an ihm, und der Mann musste immer wieder seinen Stand verlagern oder sich mit einem Fuß gegen einen Felsbrocken stemmen, um vom Wind nicht aus dem Gleichgewicht gebracht zu werden. Ist der lebensmüde, schoss es Nina in den Kopf. Warum geht er nicht da weg?

Dann erkannte sie seine Statur. Sie kniff die Augen zusammen, um sich auf den Mann zu konzentrieren, aber da war sie sich bereits sicher.

Es war Sean, der da stand.

Sie rief nach ihm, aber durch den Wind hindurch konnte er sie nicht hören. Lieber Gott, betete sie, bitte nicht. Bitte nicht! Ich bin doch hier. Du hast mich gerufen, und ich bin gekommen. Gib mir eine Chance. Gib ihm eine! Dann ging sie hinunter in die Hocke und krabbelte auf allen Vieren diesen extrem schmalen Grat am Rande der Klippen entlang. Sie kam nur langsam voran, denn der Wind wirbelte ihr die Haare ständig ins Gesicht, aber sie traute sich nicht, sie mit der Hand zu bändigen, weil sie fürchtete, sonst das Gleichgewicht zu verlieren.

Kurz bevor sie Sean erreichte, fiel das Gelände auch landeinwärts steil ab. Links, wo sie unter sich die Brandung des Ozeans hörte, fiel die felsige Steilwand fast senkrecht sechshundert Meter in die Tiefe. Und die Gratkante, die in den sicheren Tod führte, war nur wenige Zentimeter entfernt. Rechts von ihr erstreckten sich zwar weite, hügelige Gras- und Steinebenen, aber erst am Fuße eines fünfzig Meter tiefen und steilen Abhangs, der ihrem behutsam vorwärts tastenden Körper auch nach rechts eine Lebensgrenze zog, die ebenfalls nur wenige Zentimeter entfernt war. Es war beängstigend. Am liebsten hätte Nina die Augen geschlossen, wäre das nicht eine tödliche Unvernunft gewesen. Sie musste sich jetzt konzentrieren und dem Impuls widerstehen, nach links oder rechts in den Abgrund zu schauen. Dann hatte sie Sean Brannon erreicht.

»Ist es nicht wunderschön hier?«, rief er gegen den Wind an. »Das hier ist der so genannte 'One Man's Pass'. Er ist so schmal, dass nur ein Mensch ihn begehen kann. Ein Ausweichen ist nicht möglich. Er ist sehr gefährlich und nicht jedermanns Sache.«

»Das sehe ich!«, rief Nina zurück. Sie hatte sich sicherheitshalber erst einmal auf den Bauch gelegt, während Brannon immer noch aufrecht stand und sich mit einem Fuß an der Felskante vor ihm abstützte. Dann schaute er kurz zu ihr herunter und fuhr fort: »Ich weiß nicht, wie viele Menschen hier schon den Tod gefunden haben. Eine kräftige Windböe reicht, und es reißt sie die Klippen hinunter.«

»Sean!«, schrie Nina.

»Heute ist der Wind zu gleichmäßig. Er atmet nicht. Er pustet nur. Er ist nicht kräftig genug, um sich seine Beute zu holen. Trotzdem ist es faszinierend, dass an diesem Ort nur wenige Zentimeter liegen zwischen dem unerträglichen Schmerz des Lebens und dem ewigen Frieden des Todes, findest Du nicht?«

»Sean!«

»Heute Nacht habe ich von einer schönen, jungen Frau geträumt, und es war ausnahmsweise einmal nicht Susan. Der Traum war so intensiv, dass ich ihren Körper regelrecht spüren konnte. Er war warm und zart und weich. Ihr Herz klopfte in einem beruhigenden Takt, und ihr Atem streichelte meinen steifen Nacken und ließ ihn sich entspannen. Das war sehr schön.«

Dann ging Sean Brannon leicht in die Knie, so als bereite er sich darauf vor zu springen. Nina riss die Augen auf, und es kam ihr für einen Moment so vor, als verschmelze die Silhouette Brannons mit der in ihrer Erinnerung gespeicherten von Frank. Sie erhob sich, ohne auf die steilen Abgründe an ihren Seiten zu achten. Dann stellte sie sich neben ihn und nahm seine Hand in die ihre. Brannon drückte seine Knie wieder durch, drehte sich zu ihr und rief ihr vorwurfsvoll zu:

»Bist Du lebensmüde? Willst Du mit mir sterben? Würde ich wirklich springen wollen, gingst Du mit drauf. Willst Du das?«

Nina sah ihm traurig in seine blauen Augen und schüttelte ganz langsam den Kopf. Sie hatte keine Angst mehr. Ihre Entscheidung war längst gefallen.

»Dann lass los!«, rief Brannon.

Nina begann, leicht zu schwanken, weil sie ihren Blick weiterhin auf seine Augen heftete und dadurch Probleme bekam, das Gleichgewicht zu halten auf diesem mörderisch schmalen Grat. Ihre langen Haare wirbelten herum und streiften nicht nur ihr Gesicht, sondern auch das von Brannon.

Aber sie schüttelte einfach nur langsam den Kopf.

»Lass los!«

Nina hielt seine Hand fest und schüttelte den Kopf.

Als ihr in sechshundert Metern Höhe, die Augen unnachgiebig auf die seinen geheftet, schwindelig wurde und sie vergeblich versuchte, das empfundene Schwanken ihres Körpers mit ihrem linken Fuß auf einer Stelle mit Geröll auszugleichen, umfasste Sean Brannon ihre Hüften und drückte ihren Körper zusammen mit dem seinen hinunter auf den schmalen Grat zwischen den beiden tödlichen Abgründen an seinen Seiten. Dort kauerten sie, schwer atmend und übereinander liegend. Ninas Augen waren aufgerissen, und ihr Blick richtete sich weit nach oben in den strahlend blauen Spätsommerhimmel. Ihr Herz pochte bis zum Hals, denn ihr war bewusster denn je, dass es nur wenige Zentimeter links und rechts neben ihr in die Tiefe ging, während sie, auf dem Rücken liegend, in die Unendlichkeit des Universums schaute.

Sean lag immer noch auf ihr. Keiner von beiden wollte sich bewegen. Nina schlang vorsichtig ihre Arme um ihn. In ihrer Stimme lag eine Wärme, deren Zärtlichkeit gleichermaßen ihm und ihr selbst galt, und in der eine Vertrautheit anklang, die für beide erst hier, zwischen Himmel und Erde, zwischen Leben und Tod erkennbar wurde.

»Du hast mich gerufen. Ich bin hier. Jetzt spring mit mir zurück ins Leben und nicht in den Tod.«

Sean drehte seinen Kopf landeinwärts und legte ihn behutsam auf ihrer Brust ab. Dann legte Nina ihm ihre linke Hand auf die Schläfe und fühlte mit ihr, dass Sean Brannon einmal nickte.

Danksagungen:

Ich bedanke mich besonders bei Michael Röder für seine unermüdliche Unterstützung, seine Korrekturen und seine Mitarbeit. Ein besonderer Dank gebührt auch Bettina Wienand für ihre äußerst wertvollen Anregungen und die fruchtbaren Diskussionen während der Entstehung zu »Liebe ist kein Gefühl«. Ich bedanke mich auch bei Thomas Friese für seine Unterstützung bei der Drucklegung dieses Buches.

Ferner geht ein herzlicher Dank für Anregungen und kritisches Testlesen an Greta Schneider, Astrid Stegbauer, Franci Nes sowie an meine Familie.

Und last but not least geht mein ausdrücklicher Dank an meine Kollegin Petra Röder für ihr schönes Vorwort.

Thomas Dellenbusch
Hilden, im November 2014

Die vier auf dem Buchrücken zitierten Bücher-Blogs finden Sie hier:

http://binchensbuecher.blogspot.de/
http://linejasmin.blogspot.de/
http://magischemomentefuermich.blogspot.de/
http://kitty411buecherblog.wordpress.com/

www.ingramcontent.com/pod-product-compliance
Lightning Source LLC
Chambersburg PA
CBHW020421180626
46812CB00003B/1085